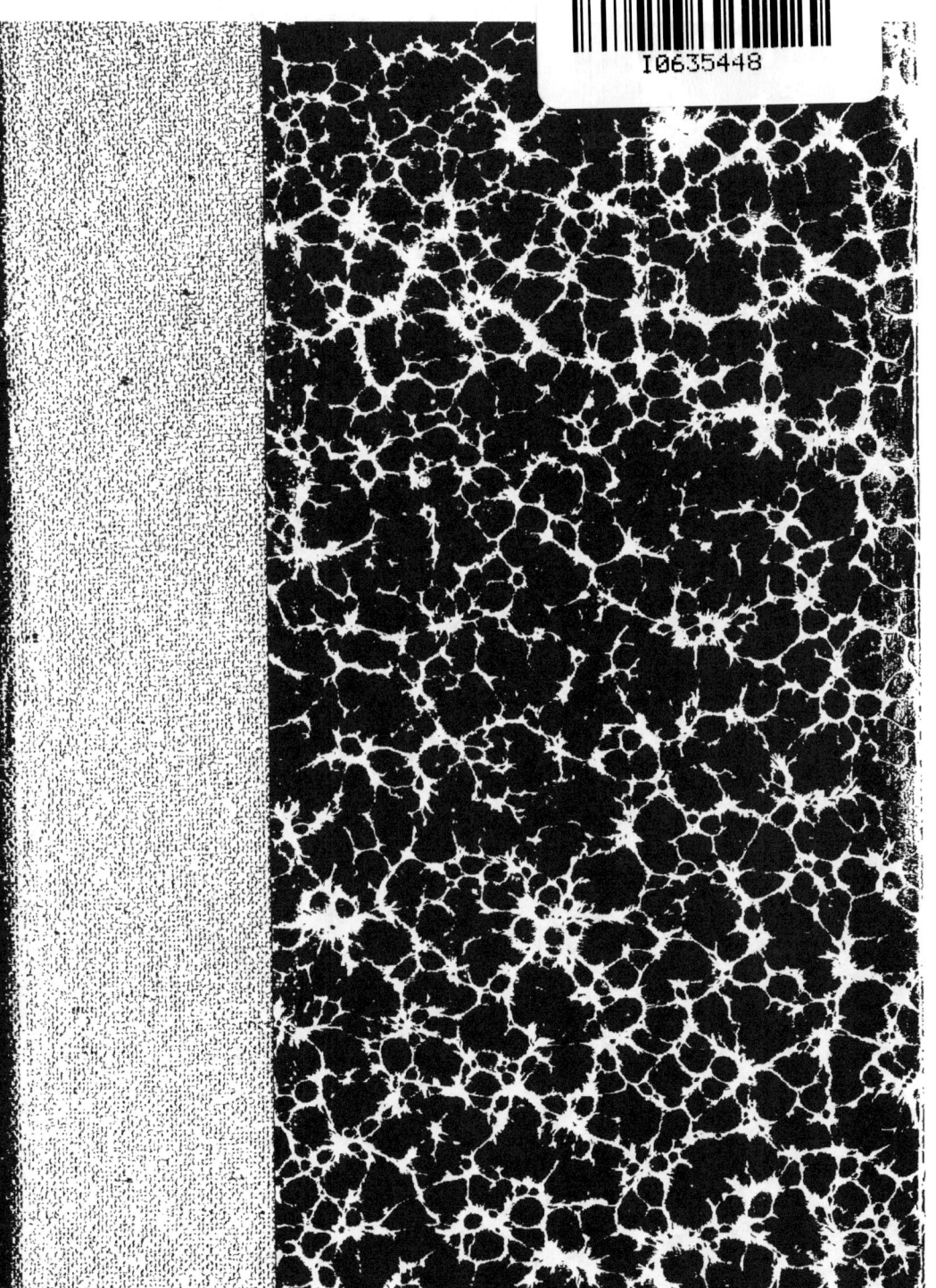

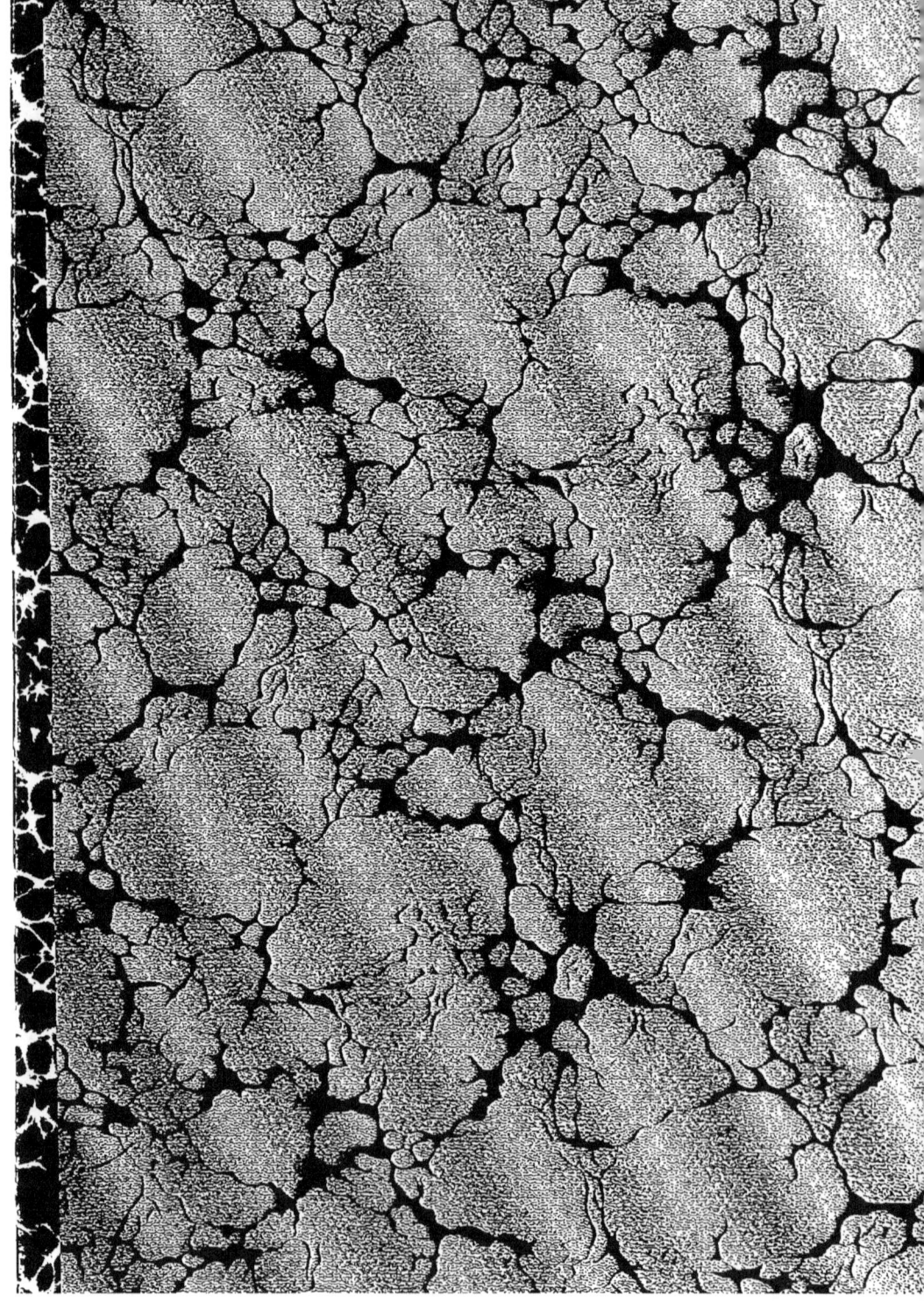

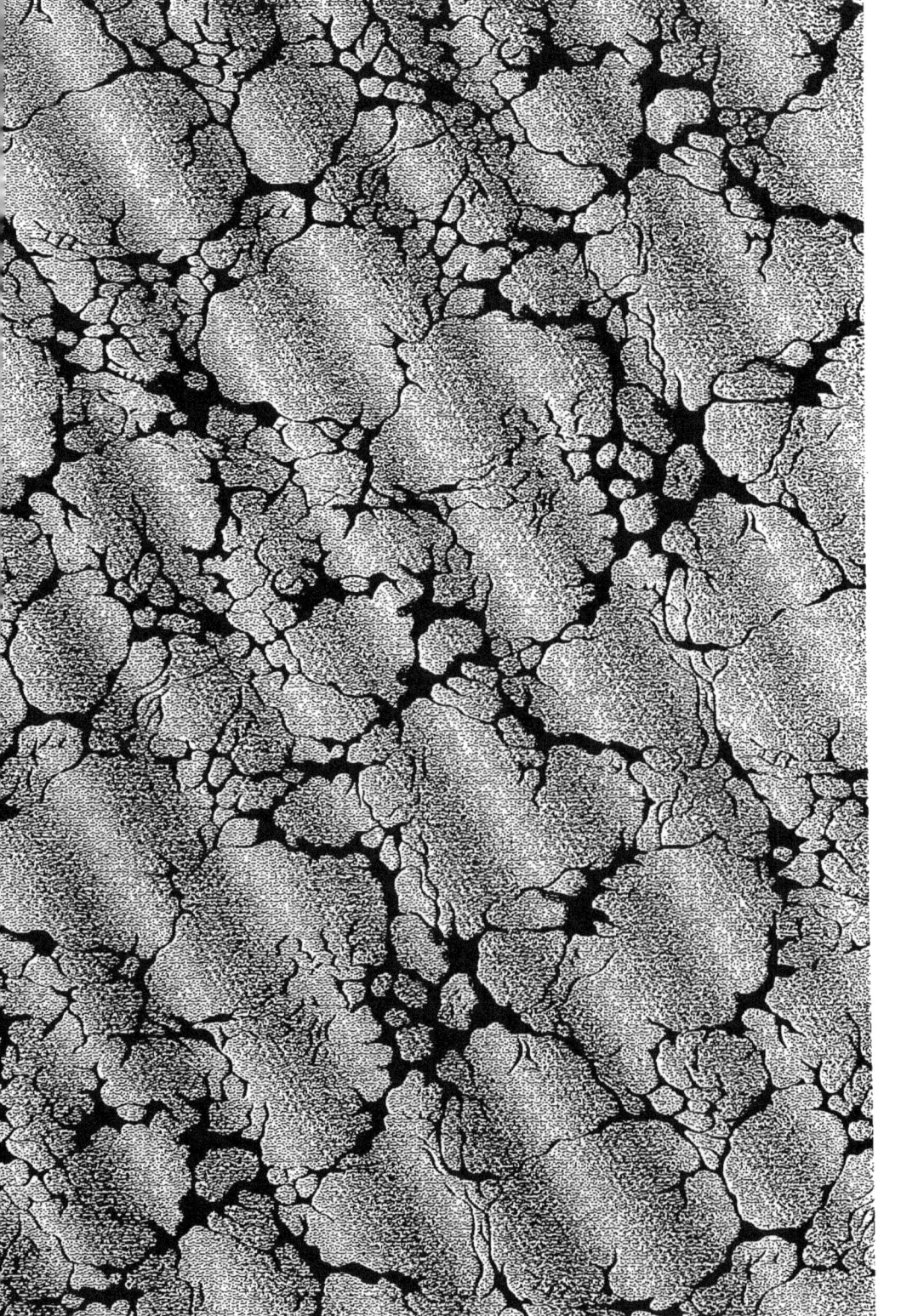

BARON DE NERVO

LES CONFIDENCES

D'UNE

HIRONDELLE

HISTOIRE RUSSE

PARIS

CALMANN LÉVY, ÉDITEUR

ANCIENNE MAISON MICHEL LÉVY FRÈRES

RUE AUBER, 3, ET BOULEVARD DES ITALIENS, 15

A LA LIBRAIRIE NOUVELLE

—

1883

C

LES CONFIDENCES

D'UNE

HIRONDELLE

HISTOIRE RUSSE

OUVRAGES

DE M. LE BARON DE NERVO

———

Voyage en Sicile.	2 vol. in-8°
Les finances de la France et de l'Angleterre, comparées.	1 vol. in-8°.
Les finances de la France, 1852-1859. . .	1 vol. in-18.
Histoire générale des finances françaises sous l'ancienne monarchie, la République, le Consulat, l'Empire et la Restauration (1180 à 1830).	6 vol. in-8°.
Le comte Corvetto, ministre des finances sous le roi Louis XVIII, sa vie	1 vol. in-8°.
L'Espagne, ses finances, son administration, son armée, 1857	1 vol. in-8°.
Histoire générale d'Espagne jusqu'à Ferdinand et Isabelle.	4 vol. in-8°.
Isabelle la Catholique, sa vie, son temps, son règne, 1451-1504.	1 vol. in-8°.
Gustave III, roi de Suède, et Anckarstroëm.	1 vol. in-8°.
Souvenirs de ma vie, 1810-1870.	1 vol. in-18.
Dictons et proverbes espagnols	1 vol. in-18.
Les trois Ages de la vie	1 vol. in-18.
Monsieur de Simors (Calchas II). . . .	1 vol. in-18.
Lucia ou la statue du Mont-Cassin. . .	1 vol. in-18.
Les Mémoires de mon coupé	1 vol. in-18.
Les trois Danseurs de Valentine.	1 vol. in-18.

Paris. — Typ. A. QUANTIN, rue Saint-Benoît, 7.

BARON DE NERVO

LES CONFIDENCES

D'UNE

HIRONDELLE

HISTOIRE RUSSE

PARIS

CALMANN LÉVY, ÉDITEUR

ANCIENNE MAISON MICHEL LÉVY FRÈRES

RUE AUBER, 3, ET BOULEVARD DES ITALIENS, 15

A LA LIBRAIRIE NOUVELLE

—

1883

LES LÉGENDES

La Légende, LEGENDA, ce qui se lit, s'en-
seigne, se retient, se transmet et se chante.

Les légendes, les proverbes, les dictons
et les chansons s'appliquent à tout, aux
personnes, aux choses, aux sentimens; à tout
ce qui naît et qui vit sur cette terre ; à tout
ce qui se sent, s'exprime et se dit au cœur.

Ces légendes, ces proverbes, ces dictons
et ces chansons sont l'histoire même du
caractère de tout être créé, dans ses plus

diverses, — ses plus multiples, — ses plus
secrètes et tendres et dramatiques et vivantes expressions.

D'où viennent ces légendes, d'où sont, elles
nées, nul ne le sait bien — c'est la mère qui
les apprend à ses enfans sur ses genoux,
comme une sorte d'ancien testament, toujours nouveau; comme une tradition. — C'est
encore la mère qui les chante aux enfans,
comme une vieille chanson, toujours nouvelle; et, vous le savez, on croit toujours ce
que l'on a chanté! — chanter, c'est croire.

Chez les peuples méridionaux surtout, ces
légendes ont une saveur, un goût particu-
liers.

Là, l'éclat du ciel, les ardeurs d'une nature toujours verte et fleurie, parlent à
l'imagination une langue d'un tour à la fois
vif et charmant.

Là, sous ce ciel bleu, l'esprit vit à l'aise à
travers tous les rêves dorés, fantastiques,

tous les accidents, toutes les surprises du roman ; — là, l'esprit donne à tout ce qu'il touche une personnalité merveilleuse et pittoresque ; avec les joies, les douleurs, les folies, les amours qui traversent la vie, comme un rayon de lumière ou de feu ; — là, enfin, la légende, le dicton, le proverbe et la chanson demeurent éternels dans toute la verdeur, la jeunesse, la tendresse de leurs premiers accens.

Au nombre de ces légendes, transmises et chantées d'âge en âge, sur les genoux de toutes les mères ; celle de *l'hirondelle* est l'une des plus tendres.

Partout, en tous lieux, chez le pauvre comme chez le riche, dans la cabane comme dans le palais, le nid de l'hirondelle est chose sainte et sacrée, toujours respectée — nul n'oserait y toucher, il s'en accuserait devant Dieu lui-même ! — Ce serait presque un sacrilège.

Partout où il y a soleil et lumière, l'hirondelle va, vient, voltige à pleines ailes, aux
ailes de son caprice et de son amour. —
Nulle contrée, nulle retraite ne lui est
ignorée — elle pénètre partout, elle voit
tout, elle sait tout, elle devine tout.

Amie fidèle, elle revient chaque année à
la même époque, presque à la même heure
frapper du bec à la même fenêtre — la légende veut qu'on ouvre à ses amies — *Frap-
pez et l'on vous ouvrira*, est encore une sainte
légende?

Chacun a voulu donner à cette charmante petite amie sa devise préférée.

Saint François d'Assise appelait les hirondelles : *mes sœurs*.

Mme de Staël disait d'elles : *Je les envie.*

Mme de Sévigné disait avec elles : *Le froid
me chasse.*

La reine Christine de Suède disait d'elles :
Pour chercher mieux.

Florian disait d'elles : *Point d'hiver pour les cœurs fidèles.*

La légende que nous ont chantée toutes nos mères les appelait : l'*oiseau du bon Dieu.* — C'est la meilleure.

Une autre légende — légende mystérieuse — dit que, sous la forme des hirondelles, reviennent quelquefois sur la terre les âmes de celles qui veulent y retrouver celles qu'elles ont aimées.

Peut-être alors, sous cette forme, notre sensible hirondelle ne serait-elle *ici* que l'esprit ou l'âme de celle qui, ainsi transfigurée, viendrait nous raconter elle-même sa propre histoire ! ! — qui sait ? — Les légendes racontent des choses si extraordinaires !

Quoi qu'il en soit, voyons quelles sont ici-bas les mœurs, les habitudes, les vertus, les amours de notre douce amie, l'hirondelle *de tout le monde*.

L'HIRONDELLE

SES MOEURS, SES AMOURS

I

L'hirondelle est l'oiseau fidèle. —
C'est une douce et tendre chose que
la fidélité. — C'est un doux et tendre
sentiment que celui du souvenir, du
souvenir des lieux, des choses, des personnes. — Ceux qui reviennent et se sou-
viennent, ceux-là seuls le savent.

Je suis un de ces heureux : depuis
plus de quarante années (presque un demi-

siècle, hélas !) je reviens aux mêmes lieux, comme reviennent les hirondelles.

Ce lieu préféré est au fond d'une étroite et riante vallée, vallée remplie de verdure et de lumière. — Les grands sapins l'ombragent, les eaux limpides y roulent leur cristal ; le soleil, ce soleil du midi que Dieu alluma d'une chaleur sur-naturelle et préférée, y brille, y réchauffe, y anime, y dore de ses couleurs les plus chaudes une nature calme et amoureuse. — Tous les oiseaux y chantent, tous les insec-tes y bruissent, et toutes les personnes sou-rient à l'aspect de cette terre heureuse où il semble qu'il n'y ait nulle place pour autre chose que le bonheur de vivre et de se sentir vivre.

Ce petit coin du globe s'appelle Ba-

gnères de Luchon. Il est la dernière limite
de la France avec une autre grande terre,
qui elle aussi a, comme la nôtre, ses
grands souvenirs, et ses grandes lumières :
ce royaume d'Aragon au noble et illustre
passé, qui aujourd'hui encore garde au
front et au cœur le signe immortel de ses
fières majestés d'autrefois.

Revenir depuis quarante années aux
mêmes lieux, c'est faire comme l'hirondelle.

L'hirondelle retrouve son nid, c'est elle
qui l'a bâti. Elle y retrouve le souvenir de
tout ce qui s'y est passé — c'est là, dans
cette petite demeure qu'elle a pondu l'œuf,
qu'elle a vu sortir le cher petit ; qu'elle lui
a donné la première becquée, la becquée
maternelle ; — nous aussi, les fidèles, nous

retrouvons dans cette seconde patrie, dans cette seconde famille, toutes les choses, toutes les personnes que nous avons appris à aimer !

L'arbre qui est devant notre fenêtre, nous l'avons vu planter, il était tout petit, à peine garni de quelques feuilles, puis il a grandi, puis son feuillage est devenu plus épais, puis il s'est étendu, puis une nichée d'oiseaux s'y est établie, puis d'année en année il s'est élevé ; aujourd'hui sa cime touche au ciel, ses rameaux projettent une grande ombre ; c'est l'arbre de nos souvenirs, il nous parle: — les choses ont la parole comme les personnes.

Des personnes, il en est de même. Dans cette petite bourgade, nous avons connu tous les enfans. Ils sont nés sous nos yeux,

ils ont ri, bégayé, joué, chanté ; ils ont
grandi sous nos yeux, — puis ils sont
devenus grands garçons, bons soldats, ils
se sont mariés entre eux. Nous les connaissons tous par leurs noms, petits noms
et sobriquets ; ils sont comme de notre
famille, comme nous sommes de la leur,
et chaque année, quand nous revenons
avec les hirondelles, ils nous disent,
comme elles, le bonjour du retour.

C'est donc un doux et tendre sentiment
que celui du souvenir et de la fidélité. —
Le tendre Florian a été bien vrai lorsqu'il
a dit « que pour les cœurs fidèles, il n'y
avait ni hiver, ni vieillesse » — car vous
savez, la fidélité rajeunit, et l'on n'est
jamais vieux quand on aime. — Nadaud,
lui aussi, dans sa charmante chanson

1.

du grand-père, a dit en ces jolis vers :

> D'ailleurs votre acte de baptême
> Est depuis longtemps périmé :
> On reste jeune tant qu'on aime,
> Puis on rajeunit d'être aimé !
> Grand-père, vous aimez encore,
> Nous le savons, à qui mieux mieux,
> Puis vous savez qu'on vous adore ;
> Grand-père, vous n'êtes pas vieux !

Mais ma chère hirondelle me réclame.

II

Je reviens donc depuis des années dans
cette petite bourgade passer les bons mois
de juillet et d'août, les mois de lumière,
et j'y occupe dans le même hôtel la même
chambre. — C'est encore une fidélité.

Cette chambre donne sur une promenade aux grands tilleuls que j'ai vu planter ; ils sont devenus énormes, et à leur

cime, j'aperçois la longue chaîne de mon-
tagnes, chargées de neige, qui nous sépa-
rent de cette Espagne, restée aussi dans
notre cœur comme un souvenir : on n'oublie jamais le pays où l'on a porté la première épaulette et aimé pour la première
fois ; c'est une autre fidélité.

A la corniche de cet hôtel, un nid est
attaché, — c'est un nid d'hirondelle. —
Il est chose sacrée, c'est comme un sanc-
tuaire auquel, dans ce pays de foi, nul
n'oserait toucher ; ce serait un sacrilège et
tellement que l'année dernière des peintres
ayant repeint tout l'hôtel, nul d'entre eux
n'aurait osé détruire le vieux nid, resté
tout noir au milieu de la blancheur du
nouveau badigeon.

Dans ce nid donc, les chères hirondelles

nichent depuis longues années et à chaque printemps, elles reviennent y faire de nouvelles couvées — elles sont des amies, elles savent qui vous êtes, devinent quand vous arrivez, vous reconnaissent, et, le lendemain de cette arrivée, on n'est point étonné de voir à votre vitre cette gentille hirondelle pousser des cris de joie, frapper de son petit bec le carreau, étendre ses ailes et frapper et frapper encore jusqu'à ce que vous ayez ouvert.

Alors, ce sont tous les cris, les frémissements qui vous annoncent l'oiseau du retour, votre ami, celui qui vous reconnaît, qui saute sur vous, qui vous regarde, qui vous parle et qui vous dit, presque avec la voix humaine, la joie de retrouver un bon et vieil ami.

Cette chère hirondelle, d'où vient-elle?
— où a-t-elle été passer les sombres nuits
d'hiver ? — de quel pays arrive-t-elle ?
qui a-t-elle vu ? qui a-t-elle connu ? quels
sont les amis qu'elle a par delà des monts?
— Est-ce en Europe, en Afrique, plus
loin encore qu'elle a un autre nid, qu'elle
a laissé d'autres amours et d'autres souvenirs?— Voudra-t-elle nous les dire? —
oui : on dit tout à son vieil ami !

Mais auparavant, il faut bien que nous
disions ce qu'est cet oiseau charmant,
quels sont ses mœurs, ses amours, ses
tendresses, ses courages ; ce qu'est en un
mot, dans ce monde des oiseaux, notre
chère et fidèle amie ; — l'*Hirondelle.*

Pour cela faire, un seul, Toussenel, a
su étudier et peindre et traduire par la

plume cette charmante nature des oiseaux.

Un autre, Michelet, s'y est essayé ; il n'y a mis, comme le premier, ni son âme, ni son cœur, c'est donc du premier, du vrai, qu'il faut tirer ce que nous essayerons de dire de cette chère hirondelle.

III

Les oiseaux vivent de deux choses, de lumière et d'amour. — Dans leurs courses et leurs lointaines migrations, ils accompagnent et devancent le soleil ; c'est ainsi qu'ils sont eux-mêmes des printemps éternels ; — si les hommes faisaient de même, ils seraient sinon immortels, du moins, ils réaliseraient une immortelle jeunesse.

2

Lorsqu'on ignore le froid des noires saisons, on ignore également le froid du cœur, et qui a le cœur chaud vit en lumière et en amour éternels.

Chez les oiseaux cet amour est facile, — ils n'ont pas comme nous de différences de caste, de naissance, de situation, — il n'y a parmi eux ni moins riches, ni moins grands, ils sont tous égaux. — Dieu leur a tout donné, une éclatante parure, un plumage aux mille nuances inimitables, un courage à toute épreuve, une tendresse sans limites, un talent d'architecte sans pareil, une vue qui s'étend aux plus grands espaces, une aile qui franchit des contrées sans fin; une nature enfin qui leur permet de tout voir et de tout posséder presque à l'égal du

Créateur lui-même, dont ils se rapprochent plus que nulle autre créature de la terre, lorsqu'ils s'élèvent dans l'infini, tout près de Dieu !

Tels sont les oiseaux.

IV

L'hirondelle, l'une des préférées, a reçu
seule un nom populaire et respecté, c'est
l'oiseau *du bon Dieu*.

Pourquoi, le voici. — Elle est la meilleure amie de l'homme, — comme nous,
elle bâtit sa maison, — comme nous, elle
fuit le froid des noirs climats, comme
nous, elle fuit le froid du cœur.

Sa vie tout entière est une joie et si

2.

elle chante, son chant est un hymne éternel au printemps, aux feuilles vertes, aux
fleurs et à la liberté.

Les qualités, celles du cœur, elle les a
toutes ; et avant toutes autres, elle est mère.

Son nid, c'est l'amour maternel qui a
inspiré l'artiste qui l'a bâti.

Ce nid est une merveille de travail —
tout y est, l'architecte et le maçon. —
Bâti en pisé, petit à petit, gorgée par
gorgée, ce nid est plus solide que
l'homme lui-même ne saurait le faire ; il
y a là en même temps, l'art, la science
et la dextérité.

Tout s'y trouve, du duvet, des fils de
laine tissée, des morceaux de drap, de
soie, du papier, de l'herbe, de la
mousse. —

C'est un de ces sanctuaires accessibles
à la famille seule, — seul entre tous les
oiseaux, le mâle de l'hirondelle est ad-
mis à édifier ce doux nid avec sa femelle.
— C'est pour les deux un travail et un
bonheur partagés — chacun y doit apporter sa part.

Ce nid est un secret asile, nul que les
deux époux n'y a jamais pénétré, c'est le
berceau secret des secrètes amours! —
C'est là que les œufs ont été couvés par
la mère, là que les petits ont vu le jour,
là qu'ils ont reçu la becquée maternelle,
là qu'ils ont essayé leurs premières petites
ailes, là qu'ils ont été gâtés, là que la
mère leur a donné le premier moucheron,
comme on donne à son enfant le premier
bonbon.

Doux et tendre amour que nul n'égale dans cette gent ailée.

A cet amour si tendre l'hirondelle joint le dévouement et le courage de toutes les mères. — Si un danger éclate, si quelque vilain gros oiseau, si quelque vilain gamin menace le nid, s'il faut enfin défendre ou sauver ses petits, on a vu cette timide hirondelle devenir une héroïne, on l'a vue jusqu'à se précipiter dans les flammes pour les emporter.

Telle la légende et l'histoire du nid de l'hirondelle, — secret domicile d'amour, plus luxueux (a dit tendrement Toussenel), que celui de beaucoup de millionnaires; puisqu'il abrite des heureux.

V

L'hirondelle nourrit ses petits dans les airs même. — Elle leur donne, dans le nid d'abord, la première leçon de vol, puis lorsqu'elle juge que ces petites ailes sont assez fortes pour soutenir leurs petits corps, elle les dirige dans l'espace, leur apprend à mesurer les distances, leur apprend comment on s'empare du premier moucheron ; puis cela fait, soutenu par les cris rassurants de la mère, le petit est émancipé et vole comme père et mère.

Cette nourriture, l'hirondelle la trouve partout, à la surface des eaux, à la surface du sol qu'elle rase de son aile. — Elle mange en volant, boit en volant, nourrit ses petits, nous l'avons dit, en volant, se baigne dans l'air ou dans l'eau, toujours en volant.

> Pour se baigner à la surface
> Du ruisseau limpide et moiré;
> Au flot uni comme une glace
> Où se peint le ciel azuré,
>
> On voit la gentille hirondelle
> D'un vol rapide et gracieux
> L'effleurer et d'un gai coup d'aile,
> Soudain remonter dans les cieux.

Pour éblouir, pour fatiguer, pour vaincre ses ennemis, le moucheron ou la mouche; l'hirondelle tourne, retourne, décrit cent mille cercles différents, alors l'ennemi s'y fatigue, s'y perd, s'y brouille, s'y épuise, — il se rend.

C'est ainsi que ces cousins, ces mouches, ces mille insectes, qui flottent dans l'air toujours tremblants, deviennent sa proie. On a calculé qu'une hirondelle mangeait chaque jour jusqu'à mille moucherons.— Le moineau mange deux mille chenilles, et la mésange seulement trois cents par jour.

Quel régal !

VI

Les deux armes les plus puissantes de l'hirondelle sont *la vue* et *l'aile*, — la vue qui perçoit les objets à des distances inconnues, l'aile qui dévore les espaces.

La vue et l'aile se tiennent l'une à l'autre comme deux sœurs, comme deux membres qu'elles sont d'un même corps, d'une même nature, d'une même rapidité, d'une même finesse.

3

La vue est en raison directe de la rapidité du vol. — L'hirondelle voit clairement un moucheron à la distance de
500 mètres et plus ; et elle est sur ce moucheron avant, bien avant que celui-ci ait
pu l'apercevoir. — C'est une victime
assurée.

C'est au moyen de cette vue si perçante
et si sûre qu'elle voit, qu'elle distingue
dans l'air, avant toutes autres, les oiseaux
de proie, les ennemis de toutes les espèces
paresseuses qui vivent auprès de l'homme,
et qu'elle les avertit du danger qui les
menace — c'est ainsi que, sentinelle atten-
tive, elle avertit les poules, les poulets,
les petits oiseaux des vergers, des jardins
et des parcs, et qu'elle leur adresse le cri
d'alarme.

C'est également au moyen de cette vue
si claire, si lointaine et si perçante qu'elle
entreprend ses grandes migrations an-
nuelles, et que, deux fois par an, elle se
transporte vaillamment d'un pôle à l'autre,
sans jamais se tromper ni sur l'itinéraire à
suivre, ni sur les lieux et les points de repos,
ni sur l'heure même de l'arrivée en tel ou tel
lieu reconnu d'avance — c'est cette vue
qui jamais ne l'a trompée.

VII

La seconde arme de l'hirondelle, celle
sans laquelle rien ne lui serait possible,
c'est son *aile*.

L'aile est pour tous d'abord un saint
emblème, une légende sacrée.

L'âme a des ailes — Psyché a des ailes.
— Les anges ont des ailes. — L'amour a
des ailes. — Le char de Vénus était attelé

3.

de coursiers ailés. — L'hirondelle a des ailes.

C'est avec ces ailes qu'elle fait près de cinquante lieues à l'heure, qu'elle cherche l'air, le vent, le soleil ; — qu'elle se laisse amoureusement bercer par l'haleine embaumée du ciel, — qu'elle monte, monte jusqu'à des régions ignorées de notre pauvre terre, si éloignée de l'infini.

C'est avec ces ailes qu'elle traverse et connaît tant de régions si diverses et si lointaines, qu'elle accomplit, en un mot, ces migrations qui sont pour nous comme un mystère qu'elles seules connaissent.

Ces migrations se font chaque année, aux mêmes époques, presque à la même heure.

La migration est à proprement parler

pour l'hirondelle un besoin de lumière et
de chaleur.

Le défaut de lumière, l'absence de chaleur, les longues nuits, les journées courtes, c'est la tristesse et la mort. — Aux
hirondelles il faut, et toujours et en tout
pays, le soleil et la lumière — les deux conditions premières des pays où l'on aime.

Leurs voyages sont variés selon la nature, les préférences de chacune. — Certaines n'osent tenter la traversée de la mer
d'Afrique et passent les hivers dans les
contrées méridionales de notre Europe.—
Celles-là vont en Andalousie, se nichent
dans les clochers de toutes les hautes
églises de l'Espagne méridionale, vont à
Séville, à Grenade, à Cadix, et y passent
l'hiver.

D'autres vont à Naples, dans toutes les
îles de l'Archipel, de l'Adriatique, de la
Méditerranée.

Les plus hardies passent en Égypte,
en Égypte surtout où elles trouvent le
plus tendre accueil, où toutes sont nour-
ries, bénies par cette population qui les
adore et les respecte comme un signe de
bonheur. — Toucher à une hirondelle, à un
nid d'hirondelle serait là un méfait, un
crime dont il n'est point d'exemple. —
Manger, comme on le fait en Chine, un
nid d'hirondelle serait assurément puni
de la mort même.

Celles qui arpentent chaque année les
terres et les mers du cap de Bonne-Espé-
rance au cap Nord, sont les plus hardies;
ce sont celles dont l'aile est la plus puis-

sante et la plus exercée, — elles sont pour cela les moins nombreuses.

C'est pour signaler d'un mot cette sûreté et cette puissance de traverser les distances les plus énormes qu'on les a surnommées — les routières de l'air, — les citoyennes du monde entier.

VIII

Le mode du voyage, son heure, ses conditions sont chose remarquable.

L'hirondelle qui part ne quitte jamais
sa demeure, son nid, sans dire ses adieux
à tous ses amis.

Avant de partir pour le grand voyage,
toutes les hirondelles se rassemblent sur
le toit de quelque haut édifice, sur le clo-
cher d'une église, sur quelque vieille tour

de la ville ou du village, et là, l'assemblée discute la route à suivre.

C'est là qu'on signale les filets à éviter, les oiseaux de proie à tromper, là qu'on arrête tel ou tel lieu où l'on se reposera, tel ou tel lieu où la nourriture est plus facile et plus abondante. — Cette résolution prise, on arrête le rang de chacune dans la traversée. — Ce sont les plus vieilles qui ont l'honneur de marcher les premières.

Tout étant bien arrêté, elles s'élèvent alors dans l'air d'un vol inquiet, puis, après avoir ainsi tourné plusieurs fois sur elles-mêmes, elles redoublent leurs cris, leurs plaintes, leurs adieux, et piquent dans les airs une pointe désespérée. — Elles sont parties

Elles cheminent de préférence la nuit, à la clarté de la lune; de cette façon, elles peuvent plus facilement éviter le noir oiseau de proie qui dort à cette heure. — Dans leur trajet, elles volent en silence, poussent à peine un cri, si ce n'est pour avertir qu'elles ont aperçu le lieu du repos, si ce n'est qu'elles ont reconnu la contrée de l'année précédente, les toits, les maisons, les églises, les mosquées où elles vont retrouver leur nid, leur cher nid, soigneusement, saintement conservé.

Alors, la caravane arrivée, mille cris de joie saluent les amis d'une autre terre, d'une autre nature, d'une autre religion; saluent cette même amitié, cette même famille — on en a vu revenir quinze ans de suite au même foyer, au même nid. —

4

L'hirondelle est donc l'emblème le plus vrai de ce tendre sentiment qui s'appelle la fidélité, et c'est pour cela que Florian (nous voulons le répéter) disait d'elles : *Point d'hiver pour les cœurs fidèles.*

C'est pour diviniser, en quelque sorte cette fidélité que l'hirondelle a joui de tout temps, en France surtout, d'une affection comme née avec nous. — Chez nous, on aime l'hirondelle, comme on aime la poésie, comme on aime l'amour, c'est un culte, — et lorsqu'on la voit revenir, lorsque par son petit cri elle vous reconnaît, entre dans votre chambrette, vous raconte en son langage tout ce qu'elle a vu, entendu, durant ces longs mois de séparation, c'est un bonheur.

Tous les poètes ont chanté l'hirondelle :

— Homère, Virgile, Chateaubriand, Lamartine, ont eu pour elles leurs plus doux accents; — nous aussi, nous les aimons, nous les chantons, nous les écoutons, comme on aime, comme on chante comme on écoute une amie.

Dans mes souvenirs de l'année dernière, j'en étais donc là, lorsque hier, je voyais perchés sur le balcon de ma fenêtre, deux petits oiseaux, qui par leur cris joyeux, par le battement de leurs ailes, semblaient me reconnaître; c'étaient mes deux amis de l'été dernier; — c'étaient ma chère petite hirondelle et mon mauvais sujet de moineau.

Oui, l'année dernière, chaque matin, à la première heure, j'ouvrais ma fenêtre et mes deux amis venaient à l'envi par-

tager mon premier déjeuner. L'hirondelle
avait quelques graines que je lui réservais
— le moineau picorait partout et mangeait en sautillant sur mon épaule jusqu'aux
miettes de mon petit pain du matin, —
le gourmand.

IX

Ce moineau mériterait aussi sa petite
biographie, — Ah! celui-là, ce n'est pas
par la fidélité qu'il se distingue, non; — le
moineau c'est le vrai gamin de l'air, le
gamin de Paris, et de toutes les villes et
villages, l'oiseau du peuple, — et cependant l'oiseau redouté, persécuté, parce que
partout où il passe, où il vit; il pille, il
vole, il ravage.

On prétend qu'il est la cause de toutes les disettes et que cette méchante famille mange par an jusqu'à 10 millions d'hectolitres de blé dans notre France, — c'est certainement chose plus qu'exagérée.

On prétend plus encore, et on lit dans maints ouvrages sérieux, signés des auteurs les plus recommandables que dès la plus haute antiquité, le moineau franc était voué à la persécution et a l'animadversion publiques. — On l'accusait d'être par sa rapacité, la cause de tous les malheurs, de toutes les stérilités qui affligeaient l'humanité!

Les enfants d'Ismaël lui avaient déclaré la guerre sainte, et le dieu de Mahomet avait prescrit à ses fidèles de ne point

laisser au moineau une branche où repo-
ser sa tête ou son nid. — C'est ainsi que
pour obéir au prophète, la Perse, l'Arabie,
la Syrie, l'Égypte, les États barbaresques
étaient devenus des déserts arides, nus,
sans verdure et sans arbres. — Cette tradition orientale était crue, et le pauvre
moineau franc était là persécuté partout.

Une même légende prétend que jusqu'aux contrées méridionales de l'Espagne
cette persécution du moineau franc s'était
étendue et que c'est à ce pauvre moineau
qu'on attribuait la stérilité de certaines
de ces contrées méridionales, qui en ont
bien rappelé, car elles sont aujourd'hui
les plus verdoyantes et les plus fécondes
de toute l'Espagne.

Une autre légende va même plus loin et,

à cette occasion, on nous pardonnera de faire quelque peu d'histoire pour un sujet aussi étranger à quelque chose de sérieux.

Cette légende remonte au siège de Grenade par la grande reine Isabelle la Catholique, d'illustre mémoire.

Le siège était devant Grenade, Gonzalve de Cordoue, le grand capitaine, avait été désigné pour traiter de la capitulation avec le dernier roi maure, le roi Boabdil. — Tout avait été convenu.

La veille de l'entrée des chrétiens dans la vieille Grenade, Boabdil jetant sur elle un dernier soupir du rocher surnommé ; *El ultimo suspiro del Moro ;* avait entendu de la belle Zoraya cette sévère parole. « *Pleure-la en femme puisque tu n'as pas su la défendre en homme !* »

Le jour d'après, il arrivait à Malaga, et avant de mettre le pied sur le navire qui devait le transporter au Maroc, le roi avait pris dans sa main un moineau franc et le lançant contre l'Espagne, il l'avait chargé de sa vengeance.

C'est ainsi, ajoute la légende, que si longtemps l'Espagne dut à ce moineau et à sa descendance la stérilité de son sol.

Tout dans cette légende, comme dans toutes les autres, a ses côtés faibles, on la raconte, et on la croit un peu, les enfants surtout, parce que la mère l'a racontée à son petit bonhomme, à sa petite fille, comme on leur a raconté *le Chat botté*.

Toute cette persécution du moineau franc est donc chose plus amusante que vraie.

Le moineau, s'il pille quelquefois, souvent, le grain du champ, le surplus de
la récolte, ne fait que ce que font les gla-
neurs, ne mange que le grain de raisin
oublié de la vendange, — il y a droit
comme tout le monde.

Les anciens, les poètes en faisaient
plus de cas. — Le moineau de Lesbie est
l'honneur de la littérature du grand siècle
de Rome. — La déesse des amours avait,
dit-on, elle aussi, attelé des moineaux à
son char ! — Étaient-ce des moineaux
francs ? Non, ils eussent bien vite fait cha-
virer le char et la déesse.

X

Notre moineau, le moineau de France, l'habitant des villes surtout, est, nous le répétons, un véritable gamin.

Il est querelleur, goguenard, pillard, bavard. — Il s'introduit partout, sans gêne, sans se faire annoncer, — c'est ainsi que l'année dernière, il est entré avec l'hirondelle dans notre chambre, et

qu'il revient cette année, nous dire le bonjour.

Ce cher moineau a d'ailleurs une foule
d'autres défauts, il aime tout ce qui se
mange ; — s'il le vole, c'est meilleur. —
Il n'a peur de rien et si dans un cerisier
il aperçoit un mannequin ou une loque
pour épouvantail, c'est sur ce mannequin
et sur cette loque qu'il ira bravement et
en riant, picorer les cerises les plus rou-
ges et les plus mûres.

Les moineaux d'ailleurs forment entre
eux comme une famille véritable. — Si
l'un d'eux est pris dans un lacet, tous
accourent pour le délivrer — ils sont
frères dans la rapine, frères dans la vie,
frères dans la mort.

Ils sont aussi quelquefois susceptibles

d'attachement. — L'année dernière, j'avais été huit jours malade, mes fenêtres et mes rideaux étaient restés fermés; — durant ces huit jours, à la même heure, mon petit moineau et mon hirondelle étaient là, à la vitre, frappant de leur bec et piaillant, comme pour demander de mes nouvelles.

Tel ce moineau si décidé, si persécuté, mais aussi si spirituel, si bavard et si voleur, on l'aimerait presque à cause de ses défauts.

Comme un gamin qu'il est, après son déjeuner, il s'envola, sans rien dire, heureux de sa liberté, allant ailleurs faire quelque rapine, quereller quelque oiseau, se battre au besoin, pour me revenir le lendemain blessé, traînant l'aile et tirant

5

le pied, comme un vrai bandit qu'il
est.

L'hirondelle, l'oiseau du bon Dieu,
celle qui revient chaque année au nid
d'amour, celle qui revient chaque année
revoir ses amis; — la gentille hirondelle
seule me resta.

XI

Bonjour, cher petit oiseau, — d'où viens-tu? que m'apportes-tu? as-tu quelque grand secret, quelque tendre confidence à me faire?

L'hirondelle arrivait d'un grand château ducal du midi de notre France. — Sous le voile transparent du roman, elle m'apportait tout ce qu'elle avait appris de la dramatique histoire d'une illustre dame;

— de cette histoire dont j'avais su le commencement il y a quelques années et dont jamais je n'eusse osé prévoir l'étrange dénouement.

La voici dans toutes ses phases, ses joies, ses larmes et ses amours, — amours auxquels fut si accidentellement mêlée... une Impératrice de Russie.

C'est la fidèle hirondelle qui la raconte. — Elle est perchée sur mon épaule, tout près de mon oreille ; et j'écris presque sous sa dictée.

Elle commence.

LES CONFIDENCES

D'UNE HIRONDELLE

HISTOIRE RUSSE

PREMIÈRE PARTIE

I

Mademoiselle Alexandra Dasckoff est Russe de naissance — sa famille et son père étaient de noblesse et de noblesse plus qu'ancienne, elle datait. — Les Dasckoff étaient d'origine tartare, de ces

5.

chefs tartares qui ont joué dans l'histoire de Russie un rôle considérable. — Ils auraient pu comme tant d'autres de leurs coreligionnaires, lorsqu'ils se firent chrétiens, être nommés *Princes ;* ils ne furent que *Comtes* et on raconte, à ce sujet, cette histoire qui est demeurée dans cette famille comme une curieuse légende.

En ces temps, lorsqu'un chef tartare se faisait chrétien, le Czar lui donnait à choisir entre le titre de prince, ou une pelisse d'honneur ; — or Dasckoff étant venu en hiver, il choisit la pelisse.

Voici pourquoi, il s'appela tout simplement le comte Dasckoff.

Les Dasckoff dès lors servirent la Russie dans ses armées et ils s'y distinguèrent. — L'un d'eux, le général Dasckoff,

celui qui fut le père de Mlle Alexandra,
avait été longtemps attaché, comme aide
de camp, à la personne même de l'empe-
reur, puis, il avait été gouverneur général d'Odessa. Sans grande fortune, il
avait cependant alors acheté en Crimée,
près de la ville de Yalta, sur ces rivages
ensoleillés qui rappellent l'Italie, une
petite propriété, — le château de *Myrska,*
dans lequel vont se passer de si étranges
choses.

· Mlle Alexandra, seule enfant du général,
fut dès son bas âge l'idole de cette famille où la mère manquait, celle-ci était
morte en donnant le jour à cette enfant.

Le général, comme tous les grands seigneurs russes, avait confié l'éducation de sa
fille au couvent des demoiselles nobles de

Pétersbourg. — C'est là que cette jeune
fille avait été élevée sous les yeux mêmes
de l'Impératrice qui l'avait prise en particulière affection.

Quelques années, celles de son éducation, se passèrent ainsi, et bientôt les dix-
sept ans de Mlle Alexandra avaient sonné,
en même temps que l'heure de sa liberté.

Il faut dire, dès à présent, ce qu'était à
cet heureux âge, à ce premier pas dans la
vie, Mlle Alexandra ; — non seulement ce
qu'elle était, mais ce qu'elle annonçait
devoir être.

Mon Dieu! comme tous les êtres créés,
les personnes ont dans les airs, les tons,
les caractères, les allures, les penchants,
certains traits propres et personnels qui
semblent les annoncer dans la vie. — c'est

dans les premières libertés, les premières
illusions, les premières pudeurs, les premières audaces du jeune âge qu'il est permis de les pressentir et presque de deviner
ce que sera ce long jour dont l'aurore se
lève à peine, — de deviner ce que devien-
dra cette fleur dont le parfum et le bouton
s'échappent à peine du calice : — dans
notre siècle surtout, il est des signes auxquels il n'est pas permis de se tromper.

Essayons donc de trouver dans ce jeune
miroir l'image de celle qui va paraître sur
la scène redoutable et charmante où elle
va occuper une si grande place.

II

Son physique d'abord :

La comtesse Alexandra (on donne ce titre en Russie même aux jeunes filles), à sa sortie du couvent, était déjà une fort grande personne.

Sa taille élevée, son corps moulé comme celui d'une statue, son grand air, tout se pouvait traduire par ce vers latin (*Incessu patuit dea*) qui signifie qu'elle avait la démarche d'une déesse, — *dea !*

Ses yeux étaient noirs, grands, bien
fendus, bien ouverts; elle regardait bien ;
— un éclair y brillait parfois.— Sa bouche était sévère, il semblait que le sourire
lui fût comme un étranger; on y trouvait
des dents blanches comme des perles —
son teint était mat, quelque chose de
masculin y figurait.— Ses cheveux étaient
noirs, ils descendaient sur ses épaules
comme de larges grappes de raisins serrés
et lustrés. — Ses épaules étaient blanches
comme sa poitrine, toutes deux étaient
opulentes et fières. — Sa taille, nous le
répétons, était grande, souple, presque
royale— ses pieds et ses mains d'une aris-
tocratique finesse.

Voici pour l'extérieur.

L'intérieur, la personne morale, celle

du dedans, celle du sentiment, celle du cœur aussi; — celle-là s'annonçait déjà sous certains traits, peut-être plus difficiles à surprendre, par leur mobilité.

La comtesse Alexandra avait été élevée un peu par elle-même, beaucoup selon elle-même. — Si son éducation d'école avait été celle de toutes ses compagnes, son éducation intérieure avait été celle que chacune se fait à soi-même, se réserve — et celle-là différait sensiblement de toute autre.

Avec cet air de réserve qu'annonçait son extérieur, elle avait en elle comme le secret d'une nature que nulle jeune fille n'a à cet âge. La comtesse avec l'imagination vive et exaltée qu'elle portait en sa tête plutôt qu'en son cœur, avait déjà

beaucoup pensé, beaucoup lu, beaucoup
rêvé de ce monde dans lequel elle allait
entrer, beaucoup forgé de ces projets qui,
si souvent, ne sont que les illusions de la
première jeunesse ; — projets et illusions
qu'elle gardait encore en elle, secrète-
ment, précieusement, comme on garde
un rêve toujours prêt à s'envoler, le rêve
qu'on nourrit et qu'on aime.

C'est ainsi que sous le voile discret
d'une certaine réserve, d'une certaine
timidité, elle s'était créé une nature à
elle, un monde à elle, — tous deux n'at-
tendant que l'heure où ils devaient se faire
jour.

C'est ainsi que jeune, belle, la comtesse
Alexandra se présentait avec ses dix-
sept ans à la cour impériale, où le général

Dasckoff, son père, l'amenait, fier d'une semblable beauté.

Son entrée dans ce grand monde princier fut fort remarquée. — La comtesse Alexandra y fit un très grand effet. On la trouva, ce qu'elle était; fort belle, un peu sérieuse, sans dédain cependant; — un peu majestueuse peut-être, mais de cette majesté aux pieds de laquelle certains se prosterneraient volontiers, de cette majesté qui n'éloigne pas, mais qui appelle; — la majesté qui attire !

III

La comtesse Alexandra fut donc dès
l'abord fort entourée, disputée même. —
On la savait en grande faveur impériale,
elle avait été très promptement nommée
demoiselle d'honneur de l'Impératrice, et,
dans ces cours du Nord surtout, la faveur
est une dot qui a sa valeur.

Tous les beaux officiers de la cour

5.

s'empressèrent donc à l'envi autour de la belle Alexandra.

Parmi ceux qui approchèrent le plus cette nouvelle étoile et s'y brûlèrent quelque peu les ailes, on remarqua beaucoup un jeune officier des gardes, fort joli garçon fort bien en cour, et de fort bonne noblesse, le comte de Merkoff, qui le plus amoureux entre tous ne la quittait guère et dansait avec elle tous les cotillons.

La comtesse, dans sa tête de jeune fille, parut peu occupée de ce sentiment si nouveau pour elle.— Elle ne savait pas encore ce qu'on demandait à son cœur, elle avait bien entrevu dans ses lectures et dans son imagination, qu'il y avait là, dans les assiduités, les compliments, les préférences de valses, de quadrilles et de cotillons quelque chose qui devait s'appeler autrement, mais tout cela passait, comme la valse de l'orchestre!

Cependant, dans cette même tête, il se passa alors au sujet de M. de Merkoff une si singulière aventure qu'elle doit être rapportée; car aussi bien, il faut tout dire.

Les femmes, les femmes russes surtout, aiment tout ce qui est romanesque, mystérieux, fantastique — plus que nulles autres, elles croient aux sibylles, aux illuminées, aux sorcières, aux diseuses de bonne aventure — elles interrogent avec anxiété toutes celles qui prétendent connaître le passé, voir le présent et deviner l'avenir; — Il y a là, pour ces imaginations exaltées quelque chose qui les attire, les subjugue et les charme.

La comtesse Alexandra était de ce nombre.

Or, il était arrivé à Pétersbourg une nécromancienne célèbre. Elle résolut d'aller la consulter, d'aller savoir d'elle ce que devait être ce cœur, aujourd'hui encore presque endormi et cependant prêt à s'éveiller.

Cette nécromancienne n'était pas une première venue, loin de là — dans tous les États, il y a les premiers et les derniers, la médiocrité et l'illustration, la petite et la grande noblesse.

Cette magicienne était de la grande. — Elle avait pour aïeule celle qui dut son illustration à l'un des événements les plus tristes et les plus considérables de l'histoire de Suède, l'assassinat du roi Gustave III ;

événement prédit par elle et qu'il faut bien rappeler ici, en quelques mots :

Elle s'appelait *Ardvidson*. Inquiet sur lui-même, le roi Gustave III, très superstitieux d'ailleurs, avait décidé un jour d'aller consulter cette sibylle. — Il était accompagné du comte de Lowenheim, de qui on a tenu tous les détails de l'entrevue.

La sibylle, au lieu de la main ou des astres interrogeait le marc de café qui restait au fond d'une tasse — c'était son moyen.

Le roi présent, elle avait alors fermé les yeux, puis après avoir réfléchi : « Sire, lui dit-elle (elle avait parfaitement reconnu le roi) quelle fin cruelle ! »

« Quelle fin ? » lui dit le roi, en souriant.

« — Je n'ose, sire ! » — « Mais je l'exige, parlez, » fit le roi.

« Eh bien, sire, lui dit-elle, vous devez être assassiné par la première personne que vous aller rencontrer sur le pont du Nord, en sortant d'ici. »

Gustave, sans se déconcerter, sortit et la première personne qu'il rencontrait sur le pont du Nord était le comte de Ribbing.

Le roi alors s'arrêtant, lui dit : « Mon cher comte, si je ne connaissais votre cœur et vos principes, je devrais vous redouter » et il lui raconta, ce qui venait de lui arriver, chez la sibylle.

Ribbing se mit à rire. — Il était avec le comte de Horn et Anckarstroëm, l'un des trois conjurés ; il échappa. — Anckarstroëm seul tira sur le roi et fut mis à mort.

Celle qui était la petite-fille de la célèbre sibylle du roi de Suède, l'Ardvidson arrivée à Pétersbourg, n'était ni moins lucide, ni moins habile que son illustre aïeule, aussi tous s'empressaient-ils d'aller savoir d'elle ce qu'elle disait deviner.

La comtesse Alexandra y alla une des premières et monta l'escalier boiteux, qui au troisième étage, conduisait à la chambre noire et mystérieuse de la célèbre devineresse.

Elle entra voilée, on la fit asseoir et quelques instants après paraissait la sibylle.

— Elle portait à la main la tasse au fond de laquelle restait un peu de marc de café.

La sibylle interrogea la comtesse à une, à deux, à trois reprises, puis se levant et la fixant : « *Le premier officier aux gardes,*

avec qui vous valserez ce soir, au palais,
lui dit-elle, ne vous sera pas indifférent,
— vous l'aimerez un jour! »

La comtesse sourit, se leva et sortit.

Le soir, au bal, le premier officier des
gardes avec lequel elle valsa était: *M. de
Merkoff.*

De cette singulière prédiction, elle ne
dit mot à personne, et la garda pour elle.
— On verra plus tard si la prédiction de
la sibylle s'accomplit.

Pour le moment, la comtesse l'oublia et
ne conserva de M. de Merkoff que le souvenir d'un danseur aimable, empressé et
fort amoureux.

I V

Ces premiers pas dans le monde de Pétersbourg durèrent peu, cependant.

La comtesse Alexandra, comme beaucoup de femmes de son pays et de son âge, avait en tête un projet qu'elle caressait de toutes ses convoitises, de tous ses désirs les plus ardents ; — le désir d'aller à Paris, de connaître ce monde dont elle avait lu tant et tant de mer-

7

veilles ; — le désir de connaître, de
goûter, de ce paradis dont elle avait se-
crètement la grande ambition, — oui, la
grande ambition d'être une des étoiles!

Pour toutes les célébrités, le sacre de
Paris est la condition nécessaire, absolue ;
la comtesse Alexandra, elle aussi, aspirait
à cette couronne que toutes envient, et si
peu obtiennent. — Elle était une jolie
personne, jeune, élégante, distinguée, de
noblesse, de race, et quand une femme de
cette qualité a mis ce projet dans sa petite
cervelle, il faut que ce projet s'accomplisse;
— elle lutterait, au besoin, contre tous les
obstacles, toutes les volontés, toutes les
impossibilités ; il le faut, le mot est pro-
noncé ; il triomphera.

C'est en effet ce qui arriva.

Le général Dasckoff, son père, déjà
presque vieux, presque fatigué de ses
anciens services, sans grande passion du
monde, d'un monde étranger et lointain
surtout, eut beau essayer de résister, il
ne le put, et tout général qu'il était,
accoutumé à voir ployer sous sa volonté
tout ce qui résistait, il céda et vaincu par
son adorable fille, il partit avec elle pour
la France.

Inutile de fixer des dates, de dire le
jour ou l'année de ce grand départ, ils
pourraient mettre sur la trace de personnes
vivantes et de ce qui doit rester secret.
— Sous le voile transparent du roman,
sous le voile léger de noms d'emprunt, on
peut tout dire ; l'histoire n'en est pas
moins vraie, l'intérêt n'y perd rien, il

s'éveille au contraire par le charme du
mystère, — mystère qui, lorsqu'il touche à
la femme, à sa vie, à son cœur, à ses fautes,
à ses amours, est toujours la meilleure
page du roman. — C'est ainsi que sans
tout dire, on dit tout.

Le général Dasckoff et la comtesse
Alexandra sa fille, sont donc arrivés à
Paris, en l'an de grâce...

V

Le général et sa fille furent, dès leurs premiers pas présentés partout. — Dans tous les nobles salons, dans tous les salons de la haute finance ; partout enfin où est le monde ; on vit la nouvelle beauté !

A Paris, quand une nouvelle figure, étrangère surtout, quand une nouvelle jeune personne paraît, c'est comme la la naissance d'une nouvelle fleur ; tous

7.

les yeux, tous les empressements, tous les
avis, les jugements, toutes les impressions
sont en éveil ; — elle est discutée dans
ses moindres détails comme on discute
l'œuvre d'un grand maitre, une statue,
un portrait ; comme jadis on discutait un
Greuze, un Mignard ; comme de nos jours,
on discute un Bonnat, — discussion redoutable, dont la comtesse Alexandra devait
sortir victorieuse.

En effet, dès son entrée dans ce monde
difficile, elle fut bientôt la personne à la
mode. — Elle était belle, — spirituelle, on
citait d'elle sa grâce, ses élégances, ses
mots ; — elle régnait.

Dire qu'à Paris une femme, une jeune
personne est à la mode, c'est tout dire,
c'est dire qu'elle a autour d'elle, ce

bataillon d'adorateurs, cet essaim de jeunes papillons qui voltigent autour de la nouvelle fleur.

Mon Dieu! dans tous les pays, dans toutes les cours, dans tous les salons, il y a et il y aura toujours de ces papillons qui briguent d'abord une valse et plus tard peut-être la main de la valseuse ; mais Paris semble avoir, entre toutes autres, le privilège de ces conquêtes.

On disait autrefois de Henri IV « qu'il avait régné par droit de conquête et par droit de naissance », le papillon des salons de Paris règne lui aussi à ces deux titres : — Il est né pour bourdonner, voltiger, déployer ses ailes partout où il y a une jolie rose, il est né pour la conquête de cette fleur disputée ; — c'est là sa vie, son

ambition, et si j'osais le dire, son métier —
ce mot n'a rien d'offensant ; le métier des
armes est le plus noble de tous ; le métier
du papillon amoureux n'est ni moins noble,
ni moins difficile ; la victoire est au bout.

Tout un hiver, toute une saison, toute
une année se passèrent donc, pour la
comtesse Alexandra, dans cette lutte,
dans cette dispute de tout ce que Paris
comptait de plus distingué.

Au bal, aux courses, au spectacle, au
bois, tous les yeux étaient pour elle. —
Au bal, ses toilettes et sa beauté, au bois
sa délicieuse souplesse d'amazone étaient
comme la légende du jour.

La comtesse, en effet, montait à cheval
comme personne, elle avait pour cet exer-
cice charmant tout ce qui fait remarquer

une femme, sa taille, son aisance, sa hardiesse : — Son père, le vieux général,
l'accompagnait toujours, puis derrière
elle ou à ses côtés suivait, quand on lui
permettait, l'escadron des plus ou moins
préférés de ses adorateurs, et ils étaient
nombreux.

La comtesse, en un mot, était partout
— c'est là, que partout aussi je l'avais
connue, rencontrée, suivie, et étudiée.

Quand je dis étudiée, j'ai quelque raison de parler ainsi, car déjà au bout de
cette année, il s'était fait en cette personne, dans son attitude, ses allures, ses
goûts, son tempérament (on pourrait dire)
de tels changements qu'elle était à peine
reconnaissable. C'était une autre personne.
Nous avons dit ce qu'elle était il y a un

an à peine, lorsqu'elle avait débuté à la
cour de Russie, nous savons le souvenir
qu'elle y avait laissé de son esprit, de sa
nature réservée, sérieuse, majestueuse ;
— comment se fait-il qu'en aussi peu de
temps que l'on met à l'écrire, elle ait ainsi
changé ?

Mon Dieu, l'explication est facile.

La femme, qu'elle soit jeune fille ou
jeune femme, recèle en elle, dans sa sagacité, dans sa fine et curieuse nature ce
quelque chose de son sexe qui, à travers
l'écheveau si mêlé de notre monde ; à
travers cet écheveau si mêlé de toutes
les passions, de toutes les convoitises, et
les fautes ; lui fait, presque en un moment, instantanément, tout comprendre et
tout savoir. — Pour elle alors, il n'est que

peu de mystères à percer, peu de voiles à déchirer. — Ce qu'on lui dit, ce qu'elle entend, ce qu'elle soupçonne, ce qu'elle surprend, ce qui se passe continuellement sous ses yeux, au théâtre, dans les pièces, dans les racontars, dans les scandales du monde, dans ceux de tous les mondes; elle a tout compris.

La comtesse Alexandra en était déjà là, et au bout d'un an, déjà ses goûts, ses habitudes, avaient subi une transformation complète; en un mot, tout ce que cette imagination, jadis si contenue; aujourd'hui exaltée, hardie avait rêvé, sans l'oser témoigner, s'était révélé sous les traits les plus nets, sous les formes les plus personnelles, — sous celles qu'apporte avec elle une étrangère sûre de sa

beauté, sûre de ses audaces de mots, de
ses toilettes, sûre du succès qu'ont ordinairement parmi nous ces excentricités,
déjà pardonnées, déjà reçues et admirées;
quand elles viennent d'une noble et belle
étrangère. — Nous en avons connu plus
d'une dont le titre de princesse et d'am-
bassadrice à la mode a glorifié ces audaces.

La jeune comtesse Alexandra était de
cette famille. — Elle s'était émancipée,
émancipée dans ses toilettes, dans ses
modes, ses plumes et ses rubans, — Elle
ressemblait bien ainsi à certaines personnes d'un autre monde, mais elle n'en
avait cure et on eût pu lui appliquer ce mot
spirituel de Sardou, dans sa pièce d'*Odette :*
» A quoi peut-on reconnaître une hon-

nête femme d'aujourd'hui? — Au mal
qu'elle se donne pour n'en pas avoir
l'air ! » Et c'est si vrai.

Oui, c'est un faible, un malheureux faible que de vouloir ressembler à celles dont
on n'est pas, — que de vouloir suivre les
modes de ces personnes, porter leurs
robes, arborer leurs panaches ; mais
c'est ainsi qu'en étant comme elles, on
s'affranchit d'une certaine dépendance
par certaines libertés. — C'est l'esprit du
jour, on est de son temps, et combien
vivent de cet esprit.

De la toilette extérieure à la toilette
intérieure, de la pensée à la parole, il y a
moins loin qu'on ne pense ; les audaces
du panache en appellent d'autres, toutes
les deux flottent volontiers à tous les vents,

8

et on passe ainsi pour ce qu'on n'est pas assurément au fond.

C'est à cet état dans le monde qu'était déjà arrivée la comtesse Alexandra — coquette, oui, — entourée, oui, — suivie, oui, — un peu hardie, oui, — très excentrique, certainement, — très cocodette dans la plus large expression du mot, oui ; — mais toujours irréprochable et toujours grande dame ; — lorsque sonna avec le grand prix, la fin de cette première saison.

VI

La fin de cette saison s'étant donc terminée, chacun s'était dispersé à son gré.
Les uns avaient regagné leurs grands châteaux, les autres étaient partis pour
Londres où les attendaient d'autres loisirs ;
— la comtesse et son père étaient partis
pour les eaux.

Les eaux ont ce double charme et ce
double avantage qu'on y vit comme on

veut, avec du monde ou sans monde — en
toilette ou en robe de toile — en chapeau à
plumes ou coiffée d'une fleur ; — la comtesse
avait adopté la simple fleur des champs :
quand on est jolie, la plus simple fleur
est la meilleure, elle a son parfum, cela suffit.

Des adorateurs, des papillons de Paris,
aucun n'avait suivi — de cette nuée d'oiseaux au ramage et au plumage amoureux, il n'en était resté aucun — je me
trompe, il en était resté un, qui n'était ni
papillon, ni oiseau ; mais un sérieux, un
seul qui à la première vue, frappé au
cœur, avait déjà ressenti la secrète ambition d'un projet qu'ils n'avait avoué qu'à
lui-même.

Ce soupirant, car c'en était un, n'était
pas, tant s'en faut, ce que l'on suppose-

rait au premier abord. Ce soupirant n'était
ni jeune, ni d'hier, ni d'aujourd'hui ; il
était d'autrefois, fort noble, fort gentilhomme, fort considéré, — il s'appelait le
duc de Schomberg. —

Les Schomberg étaient de haute naissance et de haute renommée — ils avaient
compté dans leur famille trois maréchaux
de France.

L'un, sous le grand roi, avait chassé
les Anglais de l'île de Ré et était mort gouverneur du Languedoc, où il avait de
grandes terres.

L'autre, son fils Charles, duc de
Schomberg, avait été également gouverneur du Languedoc. Il avait battu les
Espagnols à Leucate et ainsi gagné son
bâton de maréchal.

Le troisième avait gagné son bâton par des faits d'armes remarquables ; la victoire des Dunes, la bataille de Villaviciosa, la prise de Figueras.

C'est du second, du duc de Schomberg que descendait celui que nous trouvons à la suite de la belle comtesse.

Le duc de Schomberg actuel était ce qu'on peut appeler un gentilhomme dans toute l'ancienne acception du mot. — De grandes manières, de galante réserve, de politesse accomplie ; — il était l'un de ceux que dans le monde nouveau on citait encore comme du monde ancien.

Son physique, sa tenue, sa maison, ses habitudes, ses goûts, tout en lui était de noblesse, de la bonne.

Sa maison était l'une des meilleures de

Paris. — Dans ce vieil hôtel de la rue de
l'Université, rien des dorures, des pein-
tures, des bibelots amassés avec des millions, rien de ce qui sent le nouveau, le
parvenu ; — là tout est rangé à sa place, à
sa grande place, comme l'indique la nature et la biographie de l'objet, ou du sujet, ou du tableau. — Sur sa table, rien
de ces argentures à grands festons, rien de
ces mythologies de convention ou de fantaisie qui ont créé cent Vénus et vingt Au-
rores différentes ; — non, chez le duc tout
est simple, riche dans sa simplicité, imposant dans sa sévérité.

Ses chevaux, ses voitures, ses livrées
sont marqués aux coin de la distinction, —
On les regarde presque avec respect au milieu des couleurs voyantes, des cocardes

et des livrées fantaisistes de ceux qui n'en
ont point et qui les inventent.

La tenue du duc est celle d'autrefois,
toujours simple, mais toujours recherchée
— rien des petits chapeaux, ni des ves-
tons rayés des Anglais, tout du sérieux et
coquet habit d'hier, en un mot, tout du
gentilhomme d'autrefois.

L'âge du duc, ah! l'un de ses plus
grands défauts, mais aussi l'une de ses
qualités.

Le duc a près de cinquante ans — Les
divers régimes qui ont traversé la France,
l'ont empêché de la servir, comme l'eût
désiré l'arrière-petit-fils de trois maréchaux; il y a suppléé par une grande exis-
tence, un grand état de maison, une
maison toujours ouverte à ses pareils.

Son aïeul avait une grande terre en
Languedoc, lorsqu'il en était le gouverneur, le duc l'avait conservée comme on
conserve un bijou de famille, il l'habitait
l'été. — Il était, en dépit de mille petites
envies, le roi du pays, de ce bon pays du
Languedoc — Le château de *Villedieu*
était connu et aimé à vingt lieues à la
ronde.

Voici ce qu'était le duc de Schomberg.

Il y joignait un grand et bon esprit. —
Il était âgé, il est vrai, il avait ses cinquante ans, mais il était resté jeune de
corps, jeune de caractère, jeune d'esprit,
jeune d'espérance.

D'une taille élevée, souple, élégante, il
était droit comme on l'est à vingt ans,
marchait la tête haute, avait encore dans

sa tournure, ce qui ne s'acquiert pas, la grâce.

Son esprit était toujours ouvert, alerte, souriant, intelligent et aimable; — aimable, non pas de cette amabilité qu consiste à raconter des histoires ou à faire de jolis mots, mais de cette amabilité qui consiste selon la rigueur académique du mot : *à être digne d'être aimé* et il l'était et le pouvait et le devait être encore.

Tel le duc, le duc aux cinquante années, le-duc qui aspirait encore à plaire. On a deviné d'avance que parmi les adorateurs de la belle Alexandra, il était le premier.

Oui, il aimait la belle jeune fille et il aspirait à sa main.

Aspirer à la main d'une belle fille de

dix-huit ans quand on en a cinquante, c'est
une grande hardiesse, mais on a vu de ces
hardis qui ont réussi, le duc sera-t-il un
de ceux-là?

VII

C'était à Biarritz et après avoir parcouru la France, que le général et sa fille Alexandra s'étaient abattus. — Biarritz est un des plus délicieux bains de mer de notre midi. — La grande société y est, elle y arrive de Paris, de Madrid, de Russie.— C'est à Biarritz que les grands Russes viennent finir leur saison après Vichy, Trouville et les Pyrénées,— ce sont les bains

9

à la mode. — On y trouve tout, la grande
mer, les grandes falaises, les verdures
d'automne, les rêveries d'automne, cette
délicieuse saison dont quelqu'un a dit
qu'elle apporte avec elle, de l'année écou-
lée, « le charme du souvenir et la mélan-
colie de l'adieu! »

La comtesse y prit bien vite l'air du
lieu, elle y fut bien vite, comme à Paris,
connue et entourée, et un beau matin,
elle était au bain du Vieux-Port, un chapeau de paille sur la tête et un grand
voile bleu sur les yeux, lorsqu'elle vit
arriver, qui? — Le duc.

Le duc de Schomberg l'avait suivie —
Cette subite apparition la laissa pensive,
plus que pensive, elle s'en préoccupa.

Que venait faire le duc à Biarritz? Qui

lui avait dit que la comtesse y serait? —
Elle-même. — Elle avait oublié qu'un soir,
à la fin d'un bal, au buffet où il la débar-
rassait de la soucoupe d'une glace, elle
lui avait dit qu'elle irait peut-être à Biarritz. — Le duc s'était informé et il arrivait.

Ce n'était point un rendez-vous, c'était
un hasard, un heureux hasard ; c'est du
moins ainsi que le duc expliquait, à la
comtesse qui le lui demandait, cette for-
tuite rencontre. — Le hasard n'en fait
jamais d'autres. C'est lui, toujours lui
qui nous montre le fruit à la branche per-
mise ou défendue et vient nous l'offrir
comme pour le goûter ; et puis aux eaux,
tout est plus facile, plus naturel, plus vrai
qu'à Paris ; dans ce Paris où tout est, à bien
dire, ou faux ou frelaté.

Aux eaux, à la campagne, sous la vive
clarté d'un ciel pur et ami, le cœur semble
plus ouvert, plus libre, plus tendre, plus
bavard ; — on pense mieux, on dit mieux
ce qu'on pense ; c'est là, bien mieux
qu'ailleurs, à l'abri du rocher rouge, sur
le vert gazon, à l'ombre discrète des grands
pins, au bord du flot qui chante, c'est là
qu'on se dit mieux ce qu'on a à se dire ;
— là enfin qu'on se déclare.

Le duc, sans en être encore là, y arrivait.

Il fut dès lors de toutes les courses, de
toutes les parties. — On le vit, en calèche,
à pied, à cheval partout avec la jeune
comtesse qu'il ne quittait pas plus que son
ombre ; cette ombre qui vous suit partout
où vous êtes, où vous n'êtes pas.

La comtesse Alexandra, sans y attacher d'abord d'autre importance que celle d'être accompagnée par un galant gentilhomme, s'était cependant aperçue, un peu plus tard, de certaines questions, de certaines observations, de certains empressemens plus qu'ordinaires du chevalier que le hasard lui avait donné.

On n'est pas des jours entiers, des soirées, presque des nuits entières côte à côte avec quelqu'un sans contracter, malgré soi, comme une sorte d'union, de mariage passager, qui a sa signification. — On s'accoutume ainsi à ne point penser seul, à ne point vivre seul. — Les impressions sont les mêmes, les goûts, les habitudes se transforment et s'ajustent ; on vit à deux.

9.

C'est cette vie à deux, sans se jamais
quitter, cette vie sans solitude d'esprit, de
cœur ou d'âme qui ouvre une ère inconnue, donne l'idée, inspire la pensée, délie
la langue, donne le courage de dire, et,
en résumé, fait d'elle-même la grande
demande et la grande réponse.

Le duc et la comtesse en étaient-ils
déjà arrivés à cette phase de la vie?

Oui et non.

VIII

Le duc était, nous l'avons dit, un parfait gentilhomme, de grande race, d'illustres traditions, du plus noble monde. — Son plus grand défaut pour être amoureux encore était, il est vrai, son âge.

On a dit souvent qu'aux jeunes seuls appartenait ce vif sentiment qu'on appelle l'amour et que, la jeunesse passée, ces feux charmants ne pouvaient que jeter quelques lueurs éphémères. — Mon Dieu, il est vrai que la jeunesse a sur tous autres charmes, celui d'un beau jour qui naît et pare de ses rayons la nature entière. — Il est bien vrai que tout, à cet âge, a la fraîcheur, la verdure, la senteur de la rosée du matin; — mais, il faut dire aussi que plus on a dépassé ces jours de jeunesse, plus on semble se rattacher, avec une sorte de passion, à tout ce qui s'enfuit et les rappelle.

Le duc était de ceux-là. Il touchait à l'automne, à l'hiver de la vie, et par la pensée il ne pouvait que regarder avec des yeux émerveillés toutes les splendeurs du printemps qui s'offrait à ses regards, de ce printemps auquel il aspirait, comme on aspire à ce qui vous rappelle les jours premiers de la vie.

Oui, le duc, sans s'en rendre compte, était amoureux, amoureux éperdu de cette belle étrangère, tombée des nues, un beau jour de printemps, fuyant les glaces de la Neva, — amoureux fou de cette belle jeune fille, coquette, spirituelle, étrange, excentrique; aux paroles, aux panaches, aux rubans flottans à l'aventure ; — toujours à cheval, au bal, aux cotillons, la première et la plus élégante — portant partout l'étonnement et le charme de ce que n'ont point les autres, — en un mot, que dire du duc, sinon qu'il ne voyait plus, n'entendait plus, ne désirait plus qu'elle, elle seule et nulle autre qu'elle !

Certainement avec son vieux nom, sa

grande fortune, sa grande situation, le
duc, quelque quinquagénaire qu'il fût, eût
pu trouver dans son grand faubourg plus
d'une jeune personne qui eût consenti à
ajouter son blason au sien, à mêler quelque
couronne de comtesse à sa toque de duc;
mais cette personne n'eût pas été pour lui
la comtesse Alexandra, — c'est la comtesse
Alexandra qu'il aimait, qu'il voulait, —
c'est sa main qu'il s'était décidé à demander.

IX

Là était le difficile. — Avant de faire une semblable démarche, un semblable aveu, une semblable demande, on doit être à peu près certain qu'on sera entendu, compris et point refusé. — C'était là le grand embarras.

D'autre part, quelle était la situation de la jeune comtesse ?

La comtesse Alexandra, nous l'avons
dit, était arrivée de Russie avec des idées
à peu près faites sur bien des choses. —
Elle était plus que jolie, belle — plus que
spirituelle, un peu hardie — plus qu'élégante, un peu excentrique, en un mot elle
était elle.

Elle avait réussi dans le meilleur monde,
elle avait été l'objet de mille hommages,
de mille préférences, de mille recherches
et comme au fond, elle était en même
temps une personne de grand sens; elle
avait parfaitement senti que de toutes ces
adorations, au bout de la saison, il ne lui
était resté qu'un vague souvenir qui s'était
envolé avec la dernière valse. — La comtesse avait vu là, très clairement un signe
du temps; — beaucoup de bruit, de

flammes; puis après, quelque fumée qui s'était prosaïquement évanouie !

Ce symptôme l'avait frappée — certainement, si quelque beau jeune homme de ce monde eût demandé sa main, elle eût dû y penser, mais aucune demande de ce genre ne s'était présentée, et alors, si comme elle pouvait le prévoir, le duc se prononçait, que devait-elle faire ?

X

Dans ces circonstances, toute jeune personne fait un retour sur elle-même.

Quand elle a un amour au cœur, elle
y tient, comme on tient à sa vie même ;
elle refuse, refuse obstinément tout ce
qui n'est pas celui qu'elle aime, et ordinairement, elle finit par l'épouser.

Quand elle n'a pas au cœur cet amour,
elle hésite longtemps, met dans sa propre

balance le pour et le contre et quand les
deux poids sont à peu près égaux, elle se
décide ordinairement pour ce qu'on appelle
la raison — c'est alors un simple mariage d'arrangement, le mariage où chacun
des deux apporte quelque chose qui, sans
sans être l'amour, a cependant une valeur,
et une très bonne valeur.

Ici, la comtesse apportait sa jeunesse,
sa beauté et tout cet inconnu magique que
rêvent seuls les amoureux. — Le duc
apportait son rang, sa grande fortune, sa
grande noblesse, il n'était plus jeune d'âge,
il est vrai, mais il l'était toujours de cœur
et d'esprit. — Les deux poids de la balance s'égalisaient — restait la demande.

La demande, la démarche, l'aveu
furent faits, un matin en revenant du bain,

sur un banc de bois, où tous les deux étaient assis.

A cette demande, la comtesse ne dit pas oui, mais ne dit pas non : Puis, le soir même le duc alla chez le général répéter au père ce que le matin il avait dit à sa fille.

Le père agréa des deux mains, et quelques jours après, la comtesse, un peu confuse peut-être, un peu embarrassée de sa décision, avait dit le grand *oui*.

Dans ce mariage, elle n'apportait, ne pouvait apporter ce qu'on appelle l'amour, mais bien, la fierté du sentiment qu'elle avait inspiré, la fierté de l'alliance qui lui donnait place dans le livre d'or de la grande noblesse française, et qui la faisait duchesse de Schomberg.

10.

Ainsi se fit cet accord.

La saison de Biarritz touchait alors à sa fin et on se préparait à partir.

On avait rencontré à Biarritz plusieurs grands seigneurs russes, on leur dit la chose et deux d'entr'eux s'empressèrent de s'offrir à être les témoins de la comtesse.

Le mariage ne devait point se faire à Paris. — Le duc, nous l'avons dit, possédait en Languedoc, dont les maréchaux ses aïeux, avaient été les gouverneurs, un grand et seigneurial château — c'est là que ces nouveaux époux devaient accomplir la grande cérémonie.

Les bagues de fiançailles furent donc échangées et peu après, tout le monde arrivait au château de Villedieu, où le duc de Schomberg attendait sa fiancée.

XI

La description d'un vieux et noble
château seigneurial a été faite partout.
— La relation d'un mariage à la campagne a été écrite mille fois; cependant
ce que nous connaissons de ce grand château et des fêtes qui s'y passèrent à l'occasion de l'étrange et imprévu mariage
de la comtesse Alexandra nous oblige à

en dire certains détails que racontent les lieux mêmes; nous y avons assisté.

Le château de Villedieu date de loin, il est du XIVe siècle. — La famille des Schomberg n'eut d'abord en ce lieu qu'une sorte de pied-à-terre, où après la guerre, ou la campagne, on venait déposer l'épée pour chasser la bête des bois, vallons et terriers; chevreuil, loup, lièvre et lapin.

Lorsque le premier maréchal de Schomberg eut obtenu le gouvernement du Languedoc, il entreprit de donner à ce pied-à-terre, un état plus conforme au rang du maître — le pied-à-terre se transforma et devint une royale demeure.

Le château de Villedieu est situé sur une hauteur. — Il est de grand style — un gros et pesant corps de logis flanqué

de deux hauts pavillons carrés : — à
droite et à gauche, formant retour, deux
longs bâtimens, fermés par une grande
grille aux lances dorées, avec l'écusson
des Schomberg surmonté de la couronne
ducale — c'est la cour d'honneur du château.

Tout près ; — toutes les dépendances
nécessaires, écuries, remises, chenils ;
tout ce que comporte la grande vie du
grand seigneur.

Le parc immense : — à droite et à
gauche de la façade, les deux grandes
allées d'arbres centenaires où se prome-
naient les aïeux. — Devant : — les par-
terres, les vertes pelouses, toutes les
fleurs : — Derrière : — les grandes forêts, au mâle et noir feuillage, forêts rou-

tées, percées, pour y courir la bête à
cheval ou en voiture ; forêts superbes.

Derrière encore : — la grande chaîne
des Pyrénées de Louis XIV, couronnées de
neiges éternelles.

La vue splendide : — Elle s'étend sur
un pays tout entier. On y aperçoit semés
à plus de dix lieues toutes les fermes et
villages. — Toute cette immense plaine est
jaune du blé qui nourrit toute cette contrée et d'autres encore. — Au loin, bien
loin : — Les nombreux clochers de la
vieille ville de Toulouse.

En face : — un large ruban argenté.
— C'est la Garonne qui serpente, tranquille, à travers les grands saules

L'intérieur est vaste et princier —
toutes les pièces hautes, tous les plafonds

peints par des maîtres, du temps où il y en avait qui s'appelaient Watteau : — les meilleures de ses jolies bergères, aux joues roses, souriant sur toutes les portes.

Le mobilier est celui d'un vieux château seigneurial. — Tous les vieux meubles, les vieux souvenirs, les vieux tableaux, saintement conservés. — Là, tout est souvenir et religion — on y trouve les portraits des trois maréchaux de Schomberg, à cheval, le bâton fleurdelisé, à la main.

On y voit l'île de Ré et le maréchal Henry qui en chasse les Anglais — on y voit la bataille de Leucate et les Espagnols en fuite devant le maréchal, duc, l'un des aïeux du duc actuel — on y voit la prise de Figueras par le maréchal

Armand — on y voit les portraits de toutes les grandes femmes de la famille : les dames de Liancourt, de Hautefort, de Luynes.

Les meubles, les tentures, les marbres, les statues sont tous du vieux temps, admirablement conservés — tout dans ce grand château est donc à sa place, à sa place de noblesse, de race, — un gentilhomme et une jeune duchesse s'y sentent chez eux.

A deux pas est le petit village, avec sa vieille église bâtie bien avant le château, — autour d'elle, sont venues successivement s'abriter toutes ces modestes maisons du paysan, comme viennent s'abriter les enfans sous l'aile de la bonne mère. — Cette église simple, pauvre peut-être, est une de celles qui ont conservé le banc du seigneur, tradition respectée des bons et fidèles amis de la vieille famille des Schomberg.

Telle la grande demeure dans laquelle arrivait le duc, — heureux fiancé de la belle Alexandra, qu'il avait précédée.

XII

Le mariage, le grand mariage devait se faire le plus tôt possible. Le duc était pressé de son bonheur, la future duchesse pressée de ceindre cette couronne nou-velle ; — enfin tout le monde était pressé du même bonheur.

Du jour où le duc annonça son mariage, une véritable révolution s'opéra dans toute cette contrée, le duc y était adoré, tout le monde, petits et grands, pauvres et riches, jeunes et vieux, voulut s'y mettre, le pays ne fut plus qu'une fête.

Partout on coupa des arbres, on tressa des guirlandes, on fit des couronnes, on fit des emblèmes, ce fut comme la fête, comme le mariage de tout le monde.

On savait quand devait arriver la fiancée, cette arrivée fut touchante; j'en ai peu vu de plus tendre, de plus souriante, de plus unanime, le cœur y était partout, dans les yeux, dans le sourire, dans le ciel, dans la nature tout entière ; qui elle aussi, semblait vouloir partager la joie commune.

Il y a dans le parc de Villedieu ce qu'on appelle *le Petit Château*, petit château

séparé du grand par quelques bouquets
de bois et de fleurs ; c'est là qu'était at-
tendue et qu'arrivait la comtesse un certain soir.

La nuit n'était encore qu'à moitié venue,
néanmoins toute une population de jeunes
filles et de jeunes garçons munis de
torches et de bouquets avait été attendre
la jeune fiancée et son père.

Ainsi reçue par le duc et par toute cette
heureuse famille des champs, la comtesse
était conduite avec musique et chansons
du pays, au petit château, où un arc de
triomphe en feuillage avait été dressé ; on
y lisait — *A notre chère Duchesse!*

A sa descente de voiture, une fillette de
cinq ans, toute rose et tout en blanc, lui
présentait un gros bouquet de fleurs

11.

des champs, et tout émue, oubliait le
petit compliment qu'on lui avait appris.

— La comtesse l'embrassait.

Le lendemain était le grand jour.

XIII

Un mariage à la campagne est bien
loin de ressembler à un mariage à Paris.

A Paris, les grands suisses aux hallebardes étincelantes, les tapis voyans, les
milliers de cierges allumés, l'autel chargé
de fleurs : — dans l'assistance, toutes les
dentelles, les rubans, les chapeaux, les
satins des grandes élégantes qui attendent
l'entrée de la mariée.

Les portes s'ouvrent, les grandes orgues jouent, et s'avance accompagnée et suivie de tous les siens la mariée, au bras de son père, enveloppée dans les flots de son grand voile blanc, la tête couronnée de la fleur d'oranger consacrée ; — le marié suivi de tous les siens, donnant le bras à sa mère ; — les deux familles enfin réunies par ce lien, qui dans quelques momens, va se former pour la vie !

La suprême bénédiction est donnée par un prince de l'église, un archevêque, un évêque, la mitre en tête ; solennelle et sainte consécration d'un sublime et tendre sentiment !

Bientôt après, la foule complimente les nouveaux époux, — puis, ils montent seuls dans la grande voiture qui les attend au

bas des marches de l'église, et deux chevaux fringants les emportent là. où seuls
ils savent que les attend le secret bonheur
de se dire qu'on s'aime!

Tel le mariage à Paris.

XIV

A la campagne, aux champs, au château, à l'église du village de Villedieu, où
va se faire le grand mariage, tout diffère,
sinon dans son esprit, du moins dans sa
couleur, dans son sentiment.

Le grand matin arrivé, toute la population de dix lieues à la ronde est signalée,
on la voit déboucher de tous les chemins,

de toutes les routes, de tous les sentiers, —
Elle est en habits de fête, chantant, souriant, heureuse; pressée d'arriver, pressée
de se placer au bon endroit pour voir le
cortège arriver à la petite église.

Dix heures ont sonné. Le cortège est
parti du château.

Tout le monde est en voiture. — Douze
voitures superbement attelées contiennent
la famille et ses invités.

La voiture de la fiancée est la première.
—Elle est à quatre chevaux, ils sont pom-
ponnés de roses blanches, les cochers et
les valets de pied derrière portent également de larges rosettes de satin blanc.—
Ils sont en grande livrée.

La fiancée belle comme un ange est toute
blanche des pieds à la tête, elle est sou-

riante, heureuse, heureuse surtout du sentiment qu'elle inspire autour d'elle. — Son père, le général, est à ses côtés. Les deux généraux russes. ses témoins, sont sur le devant, revêtus de leurs ordres.

Le duc suit dans sa voiture, accompagné de ses témoins, ses parents. — Sa voiture armoriée est attelée de deux beaux chevaux noirs. Il semble presque triste, tant son bonheur le touche et l'émeut !

Arrivés à la petite église, il n'y a là ni orgues, ni suisses, ni hallebardes, ni tapis. — Le temple est petit, des fleurs seulement ornent et embaument le simple autel du village.

Deux modestes prie-Dieu y sont et attendent les fiancés.

A droite, le duc, assisté de ses deux

12

témoins, un Liancourt et un d'Hautefort,
ses parents.

A gauche, la comtesse, son père et les
deux généraux russes, ses amis.

C'est le vieux curé qui bénit les époux,
c'est lui qui a reçu le duc à sa naissance,
lui qui lui a conféré le premier sacrement :
c'est lui qui a connu, aimé, assisté toute
cette noble famille à laquelle il appar-
tient, à tant de vieux et tendres titres.

Son discours est simple comme son
cœur. — En deux mots, il leur dit ce
que tout le monde sait et se répète quand
il veut être heureux.

Cette douce parole, venant d'un prêtre
qui n'est pas du même culte que la comtesse lui laisse cependant la plus vive
impression, elle en est émue, et une larme

furtive glisse sur ses jeunes paupières.

La comtesse qui était orthodoxe, n'avait pu se marier selon le rite de sa religion, mais on y avait suppléé par une cérémonie qui s'était faite le lendemain dans une des salles du château, au moyen d'un pope qu'on avait obtenu et fait venir à cette occasion. — Des deux côtés, tout devoir était ainsi accompli.

La cérémonie du mariage catholique terminée, on était sorti de l'église et le cortège avait repris la route du château, précédé et suivi de toute cette population émerveillée, heureuse du bonheur qui venait de se doubler pour elle.

Le soir, dans la cour du château, grand bal aux lanternes, grand orchestre des ménétriers du village. — La nouvelle duchesse a ouvert le bal avec le frère de lait du duc, un brave paysan qui représentait à lui seul tous les autres.

Au château, grand dîner, compliment, joies et bonheur; — puis après rien de ce qui doit et peut être raconté. — Le voile s'est abaissé, et le silence s'est fait !

XV

Tel fut le grand mariage du duc de Schomberg avec la comtesse Alexandra Dasckoff. — On en parla longtemps et on se demanda longtemps ce que comptait faire ce nouveau ménage, s'il viendrait à Paris, s'il ouvrirait sa maison — ce qu'allait être cette maison, ce qu'allait être cette belle, spirituelle et étrange comtesse Alexandra, subitement devenue, aux eaux,

12.

une véritable duchesse. — Ce sont autant de questions que se fait ce monde de Paris, curieux, pressé de jouir de toutes les splendeurs, de toutes les joies d'autrui, — accueillant toutes ces joies, de quelque part qu'elles viennent ; les accueillant avec une préférence marquée et souvent assez exigeante lorsqu'il s'agit d'une étrangère, — ce monde enfin léger, bruyant, brillant, caustique, moqueur parfois, qui arrive en foule, paré de ses plus beaux atours, devant toute nouvelle porte ouverte, lorsque surtout derrière cette porte, il y a violons, fleurs, soupers et cotillons.

A cette question que se fit dès l'abord ce grand monde de Paris la réponse fut bientôt faite.

Ce qu'on appelle la lune de miel, en

terme consacré, se passa à la campagne. —
La campagne est favorable aux lunes tran-
quilles, on en goûte, mieux que dans les
villes, les clartés sereines, les silences amis
(*amica silentia lunæ*, a dit un poète amoureux) — tout y est plus à sa place dans
les premières et secrètes émotions d'un
sentiment ignoré et nouveau, — on y réflé-
chit mieux à ce mystère que l'on soupçonnait peut-être, mais dont on ignorait le
charme divin, — en un mot, le bonheur
de tous les deux y est plus pur, plus com-
plet; — rien ne vous en distrait, tout vous y
convie comme à ce banquet mythologique
où chacun buvait à son tour quelques
gouttes du breuvage des dieux, — tout
aussi dans la nature elle-même vous y
parle, mieux qu'en nulle autre part de

cet amour qui partout existe et chante
autour de vous. Les oiseaux, les fleurs, les
verdures, les subtiles odeurs des plantes,
des foins coupés, les bruissemens des
insectes dans les hautes herbes ; tout vous
dit à la campagne que tout aime sur la
terre et que, vous aussi, vous êtes de
ceux qui devez goûter à la coupe en-
chantée.

Nous ne pourrions dire si ce sentiment
secret, exquis et divin fut le sentiment
partagé des deux nouveaux époux, eux seuls
l'ont su, — mais ce que nous pouvons
dire, pour en avoir été le témoin discret
et presque embarrassé, c'est que cette lune
de miel accomplit sans nul nuage tous ses
quartiers et qu'elle recommença, sous les
mêmes auspices, les mois qui suivirent.

Les portes de l'hôtel de Paris furent donc, dès ce jour, momentanément fermées, puis bientôt, plus tard, on apprit qu'on avait dû ajouter au mobilier de cet hôtel, un meuble nouveau; — c'était *un berceau.*

La maison du duc fut donc pour quelque temps fermée à tous les violons.

La duchesse en fut peut-être un peu contrariée d'abord; — elle aimait le bal, comme on aime, à son âge, tout ce qui est le mouvement et la vie du soir; — elle convertit alors son salon en réceptions superbes où tout Paris arriva.

La duchesse, nous croyons l'avoir indiqué, avait en elle, en dehors de quelques légèretés d'esprit, un fond de conversation, sérieuse, intelligente, qui la rendait propre

à comprendre tous les sujets. — Elle
n'était point encore, elle ne pouvait être
encore, à son âge, une femme politique,
loin de là, — mais elle percevait tout de ce
dédale où tant d'autres s'égarent et se
perdent, et en écoutant beaucoup elle avait
beaucoup appris déjà — aussi tous les
hommes distingués de ces partis divers
avaient-ils pris pied dans son salon. C'est
ainsi que dans ces soirées presque intimes,
se discutaient souvent devant elle quel-
ques-uns, beaucoup même de ces pro-
blèmes qui le lendemain se transportaient
au grand jour d'une tribune.

Il est un autre genre, une autre classe
de célébrités qui, elles aussi, plus peut-
être que les premières, avaient pris leur
place dans le salon de la comtesse. — On

se rappelle, nous l'avons indiqué, qu'elle
avait été dès ses premiers pas dans le
monde, friande, plus que friande, gour-
mande de tout ce qui paraissait en romans,
en nouvelles, en pièces de théâtre ; —
connaître tous ces auteurs distingués,
assister comme en un théâtre à cette lutte
intime de tous les sentiments qui les
avaient inspirés ; c'était une représenta-
tion à nulle autre semblable ; c'était un
spectacle que Paris seul peut donner à
ses élus. — La duchesse était de ce
nombre, elle comprenait tout, percevait
tout, hazardait parfois une de ces observations que sait seule faire la finesse d'une
femme ; en un mot, son salon, à défaut de
violons, était déjà, dès la première année,
un salon d'esprit, un de ces salons rares

dont il en existe certains dans lesquels
règne encore cet esprit français qui n'a
point son égal; — cet esprit de salon qui
est celui du loisir, du jeu des idées, des
raffinements de l'intelligence, des char-
mans échanges de réflexions masculines
et d'impressions féminines — cet esprit
charmant qui se gagne; — car l'esprit est
contagieux, il se gagne et se recueille, et
de même que l'abeille compose son miel
avec l'arome de toutes les fleurs; de
même cet esprit, — délicate abeille, —
compose son miel avec toutes les fleurs,
avec le parfum exquis de toutes les intel-
ligences.

Ce salon d'esprit était celui de la jeune
duchesse, dans son grand et vieil hôtel.

Nous ne ferons ici aucune description

de cet hôtel, il est connu de tous. — Son escalier monumental, ses dix grands salons dans lesquels s'étalent tout ce que le luxe, le choix, le goût peuvent rassembler — ses superbes collections de livres, ses statues de maître, ses tableaux de maître, ses magnificences de tout genre, ses tentures de haute lisse, de race et de choix; tout le monde les a admirés dans ce nouveau paradis de la belle duchesse.

La première fête qu'elle donna fut à l'occasion de la naissance de son fils. — La duchesse était fière d'avoir donné un héritier au grand nom de Schomberg; ce sentiment, à défaut d'un autre peut-être, lui était un grand orgueil et il lui suffisait.

Son cœur alors ne lui en demandait pas davantage, elle n'avait aimé personne des

adorateurs qui, à Paris, elle étant jeune
fille, l'avaient enguirlandée de toutes les
fleurs d'une stérile galanterie, son cœur
leur était resté indifférent.

Cependant, après cette première année
et la naissance de son petit-fils, le général
Dasckoff avait regagné Pétersbourg, un
peu fatigué de tant d'émotions, et sa fille
était restée seule avec le duc, son mari,
toujours plus amoureux ; — elle toujours
la plus heureuse des duchesses et des
mères.

XVI

Plusieurs années se passèrent ainsi, la duchesse fort à la mode, fort entourée, son salon le premier de Paris, le grand monde de tous les genres l'avait adopté : Oui, le grand monde avait adopté la duchesse comme un type, il n'y avait nulle part de bonne fête sans elle, c'est d'elle qu'on copiait tous les chapeaux et les robes, — sa corbeille avait été royale,

les perles et les diamans n'en étaient que
la moindre étincelle ; à chaque jour,
parure nouvelle, — elle était ce qu'elle
avait tant rêvé, dans sa petite cervelle de
jeune fille, la reine des salons ; et puis,
comme dans un certain monde, on a cou-
tume de donner à chacune un petit sur-
nom familier qui la distingue de toutes
autres ; à cause de l'illustration des
ancêtres du duc, des trois maréchaux de
France qui avaient si bien tenu le grand
bâton fleurdelisé ; on l'avait surnommée
la maréchale. — La maréchale était dans
toutes les bouches.

Toutefois, et les années aidant, le petit
Edmond, son fils, grandissait.

Ici, la manière dont il était élevé, et
instruit, mérite son observation.

La maternité, ce sentiment qui n'a point son égal n'est point cependant le même chez toutes les mères. Il est des mères qui exercent cette maternité en pomponnant leurs enfans, en les gâtant de toutes choses, de rubans, de dentelles, de costumes, de plumes ; de tout ce qui excite et gâte d'avance leur esprit et leur cœur, qui, en un mot, d'un enfant font une poupée, au lieu d'un homme.

La duchesse avait pour son fils une tout autre maternité, une tout autre ambition. — Il était destiné à être peut-être le seul héritier du grand nom des Schomberg, elle avait voulu que, dès son enfance, il fût préparé à ce grand héritage, elle voulait l'en rendre digne. — C'était son orgueil, bien plutôt que son

13.

amour, et si son cœur n'avait pas été tout
grand ouvert, peut-être, à ce sentiment
de l'amour pour un mari qui avait plus
du double de son âge, elle trouvait dans
cet orgueil de mère, le juste devoir de la
duchesse de Schomberg.

Le jeune Edmond fut donc élevé sévè-
rement, loin des falbalas et des gâteries
inutiles de l'enfance. — Déjà, à son âge,
(il avait à peine huit ans), il était au collège. — On le trouvait plus sérieux, plus
grave que ses condisciples, plus appliqué.
— Son caractère cependant n'était pas
exempt d'une certaine vivacité, il sentait
vivement et résistait difficilement à ce qui
semblait lui plaire. — En un mot, sous
une apparence réservée, il avait déjà une
volonté.

XVII

Les années succédaient aux années et tout, dans cette vie facile et brillante, mondaine et spirituelle, allait au mieux des goûts de chacun, lorsqu'un événement subit et affreux vint tout à coup tout changer.

Un soir, le duc revenant de l'Opéra, s'était senti subitement oppressé, il avait pris froid en montant dans son coupé, une fluxion de poitrine s'était déclarée, il était frappé au cœur.

Dans cette courte et rapide maladie, il sembla qu'il eût voulu jusqu'à la fin éviter toute préoccupation à sa jeune femme; elle n'eut pas même le temps d'être inquiète, et trois jours après le duc s'éteignait en la bénissant, en bénissant son cher fils, et remerciant celle qu'il avait tant aimée du bonheur qu'elle lui avait donné.

Triste fin d'un jour qui avait duré à peine le temps d'en jouir!

Cette mort subite fut pour la comtesse plus qu'un chagrin, elle fut une douleur.

Dire que la duchesse regretta vivement son mari, c'est cependant dire la vérité — on le sait, son mari n'était point de

son âge, il eût pu être son père ; mais
elle l'avait agréé ainsi, elle n'avait cessé
d'être de sa part l'objet de toutes ses af-
fections, de toutes ses tendresses, de
toutes ses plus douces émotions, et ces
choses-là durent en souvenir peut-être
autant que certaines heures de passion
passées dans un bonheur qui lui aussi,
doit passer et s'évanouir avec les jeunes
années. — C'était du moins ainsi que le
souvenir et le regret de son cher époux
restaient dans le cœur de la duchesse
Alexandra.

Veuve alors, plus seule, plus recueillie
dans ce qui ne peut être vite oublié, elle
passa son année de deuil tantôt à Paris,
tantôt et plus souvent dans sa terre de
Villedieu où elle emmena son fils Edmond,

le seul reste vivant de tant d'événements et de bonheurs.

Or, la duchesse venait, vers la fin de l'automne, de renvoyer cet enfant à son collège de Paris, lorsqu'une nouvelle, arrivée en toute hâte, lui annonçait, un autre malheur.

Vous savez, il est un proverbe qui dit que dans les familles, un malheur n'arrive jamais seul.

En effet, la dépêche, datée de Pétersbourg, lui annonçait que le général Dasckoff son père, avait été frappé d'une attaque de paralysie, et qu'il la demandait.

La duchesse avait toujours eu pour son père la plus tendre affection. — Privée de sa mère de bonne heure, c'était son père qui l'avait élevée, soignée, veillée comme on veille un trésor.

Elle courut donc embrasser son Edmond et partit aussitôt pour la Russie.

A son arrivée, le général sans être déjà en danger de mort, était cependant frappé dans tous ses membres. — La paralysie n'avait pas encore atteint le cœur, mais elle y montait graduellement, et les soins à donner étaient de tous les instans.

La duchesse Alexandra s'y dévoua en fille admirable qu'elle était. — Dès son arrivée, jamais elle ne quitta le fauteuil où gisait presque inanimé ce pauvre vieillard, si heureux de sentir sa fille auprès de lui, si malheureux de penser qu'il ne la verrait plus bientôt; car tous les malades ont en eux comme la prescience du jour

et du moment où ils doivent dire le dernier adieu, — eux seuls connaissent ce
jour et cette minute !

Durant cette maladie qui fut longue, les
portes de cette maison pleine de douleur
s'ouvraient cependant aux amis du général, aux amis de la famille et il y en
avait beaucoup; c'était presque une consolation.

Tout cela dura des semaines, et un soir,
au moment où le jour baissait, il neigeait
à flocons, on entendit comme un grand
cri; on accourut, le général était mort.

Sa fille le pleura, tous ses amis le pleu-
rèrent et tous se rassemblèrent à l'envi
autour d'Alexandra pour essayer, sinon de
la consoler, du moins d'adoucir cette
grande douleur filiale, l'une des plus

grandes, après la perte de ses chers enfants, qu'on pleure en secret toute sa vie.

Parmi les amis du général, un jeune
officier aux gardes, qui avait été son aide
de camp, le comte de Merkoff, était l'un
des plus assidus.

XVIII

Le comte de Merkoff était, si on se le
rappelle, cet officier qui, après la présen-
tation d'Alexandra à la cour impériale
avait semblé presque lui plaire — c'est
avec lui qu'elle avait dansé, peut-être un
peu trop, toutes les danses, tous les
cotillons : — les cotillons ont, pour les
amoureux, cet avantage et ce danger

qu'ils durent des heures entières et, en ces heures toujours trop courtes, on se dit tant de choses !

Le comte de Merkoff en revoyant celle qu'il avait connue jeune fille et peut-être aimée déjà, sans avoir osé le lui dire — celle qui, devenue duchesse, était aujourd'hui veuve, veuve d'un mari qui eût pu être son père, d'un mari qu'elle n'avait pu aimer d'amour ; — le comte se sentit tout à coup repris au cœur, — en proie, pour cette jeune et charmante femme à un sentiment bien différent de celui du passé, de celui des valses et des cotillons de la jeune fille, — en proie à un sentiment plus tendre, plus amoureux, plus inté-ressé, — en proie, faut-il le dire à ce sentiment de possession de l'objet aimé,

ce sentiment qui n'échappe à nul de ceux
qui aiment !!

De son côté, la duchesse s'était bien aussi
rappelé ce que lui avait prédit la célèbre
nécromancienne, lorsqu'elle avait été la
consulter : — « *Le jeune officier avec qui
vous danserez la première valse ce soir,
au palais Impérial*, avait-elle dit, *vous l'aimerez* » et ce jeune officier était justement
ce même M. de Merkoff qu'elle retrouvait
aujourd'hui auprès d'elle, à ses côtés, déjà
presque à ses pieds, l'entourant de la plus
tendre sympathie !

Un peu troublée de tous ces souvenirs,
la duchesse parut d'abord touchée de
cette sympathie.

Sympathie ! — c'est le premier nom que
l'on donne au sentiment qui vous attire

14.

l'un vers l'autre — après la sympathie
et avec elle vient ce qu'on a appelé
l'affection.

L'affection, près de celle qu'on aime
déjà autrement, n'est que le premier mensonge du cœur. — Elle sait tout faire,
tout taire, tout déguiser — sous ce mas-
que trompeur, que de rêves, que de tendresses, que de voluptés ne cache-t-on
pas d'abord?

Lorsqu'une jeune et adorable femme,
comme la duchesse, se voit entourée de
cette tendre affection, lorsqu'elle est seule,
isolée, veuve, veuve de toute autre parole
du cœur, elle s'habitue plus que volontiers
à celui qui la lui murmure à l'oreille.

Alors les visites deviennent plus fréquentes, — bientôt on ne peut plus se

passer l'un de l'autre, — bientôt on s'attend chaque jour, à chaque heure, — on se dit dans les yeux, par les lèvres, par un sourire, par une larme quelquefois, tout ce qu'on pense, tout ce qu'on espère, tout ce qu'on craint, — on se fait une douce inquiétude de son mutuel bonheur; — et de ce sentiment, de cette habitude, de cette vie partagée, accouplée, réunie par un irrésistible lien, naît parfois autre chose, dont tout le monde sait le nom ! — on s'aime.

On s'aime — c'est là que sans trop de vouloir d'abord, la jeune duchesse en était bientôt arrivée.

Elle se combattit d'abord, pas assez — elle hésista d'abord, pas assez — elle résista d'abord, pas assez — puis un jour, une heure, un soir, faut-il le dire? aveuglée par le nouveau sentiment qu'elle avait jusque-là ignoré... Elle céda!!

La prédiction de la nécromancienne s'était accomplie — elle aimait M. de Merkoff!!

Et alors libre, trop libre assurément, elle s'embarqua le sourire aux lèvres et au cœur, sur cette frêle et charmante nacelle, où l'on chante la tendre musique des amours partagés, — sans souci, — sans crainte de l'avenir, — sans crainte du danger; — comme toutes celles qui ne voient plus, qui n'entendent plus, comme toutes celles qui aiment follement.

Tout dans cette liaison alla à souhait; les premiers jours, on s'adorait, on se le disait, on se le répétait; mais bientôt après, trop tôt hélas! — on s'était aperçu des terribles conséquences de la grande faute!

Que faire alors?

Pour la duchesse, réparer sa faute en épousant l'auteur de la faute, était-ce possible, à Pétersbourg, où elle portait encore le double deuil de son mari et de son père? — Non, elle eût été le scandale et la fable de tous.

Était-ce plus possible à Paris, où vivait l'enfant légitime, le seul et légitime héritier du grand nom qu'elle portait avec lui?

— Moins encore, c'eût été l'insulter; — et alors que faire? que devenir? que résoudre?

XIX

Consternée, affolée, la pauvre duchesse prit alors une résolution suprême. — Dans ces cas, la résolution la plus prompte est la meilleure, elle se résolut à partir.

La duchesse partit donc, regagna la France, et là, plus inquiète que jamais, emportant dans son sein la preuve fatale d'une faute qui devait lui coûter si cher, elle s'arrêta dans une petite ville obscure de la frontière, y prit un faux nom, celui de DORNER, et attendit.

De quelles anxiétés, de quelles tortures ne fut pas alors dévorée la pauvre femme ? — Si sa situation était connue, quelle tache sur elle ! quelle tache sur son fils, sur son nom si respecté ! quelle honte pour tous !

Enfin, Dieu aidant, — il pardonne toutes les affligées — un matin une adorable petite fille vint au monde. — Elle fut déclarée sous le nom de *Marguerite Dorner,* baptisée comme telle à l'église du lieu, et on la confiait à une bonne et brave nourrice.

On avait fait la faute d'amour, une délicieuse petite blondette était née, on ne se résigna qu'avec peine à s'en séparer.

mais il le fallait, le secret était là, il était absolu.

La duchesse rentra alors à Paris, veuve, orpheline de père et de mère, séparée violemment du fruit caché de son amour ; pour y retrouver son fils Edmond, celui qui seul devait porter le grand nom des Schomberg, ce nom dont l'honneur lui avait été confié par son mari mourant, le vrai fils.

Dès ce jour, le caractère, la vie toute entière de la duchesse s'étaient complètement transformés.

Elle n'était plus la duchesse d'autrefois. — On attribua ce changement à son veuvage, la raison, hélas ! était tout autre.

Lorsqu'on a une douleur secrète, celle qu'on ne peut dire, ni confier, à qui que

15

ce soit, celle qui reste en vous seule; elle
est la plus affreuse des douleurs. — Nulle
parole, nul regard, nulle amitié pour la
consoler. — Les jours sont longs, les
nuits éternelles; toutes les heures, toutes
les minutes vous parlent en des termes
qui tous sont des reproches, des reproches
amers; — l'amour lui-même, l'amour qui
vous a entraînée à la grande faute ne vous
console pas, vous détestez celui que vous
avez tant aimé, vous voulez mourir et
vous ne mourez pas!

Telle était l'affreuse situation de la duchesse, lorsqu'elle rentrait à Paris!

XX

En retrouvant cet hôtel vide, silen-
cieux, quelle ne fut point sa douleur, sa
terreur, il faut le dire!

C'est ce mot, mieux que nul autre qui
seul peut peindre ce que ressentait au
fond d'elle la coupable et malheureuse
mère ; deux fois mère.

Tous les objets, les petits souvenirs,

les petits cadeaux, toutes les choses que
lui avait données, à telles ou telles époques, dans telles ou telles circonstances,
son amoureux mari lui étaient comme un
reproche, un de ces reproches vivans qui
s'attachent à vous, vous torturent et vous
blessent sans cesse, comme la lame du
poignard qu'on tourne et retourne sans
pitié dans la même blessure !

Cette blessure, hélas ! n'était pas la
plus cruelle, il en était une autre bien
plus amère qui la menaçait, la désolait
à chaque minute de sa réflexion, de son
souvenir et de sa vie ; cette terreur, cette
torture était son propre fils, son Edmond
adoré cependant !

Quand son Edmond sortait du collège,
déjà grand garçon, — il avait déjà neuf

ans, — quand il venait l'embrasser, il semblait à la pauvre mère que dans le regard de ce fils, il y avait quelque chose qui l'interrogeait, quelque chose d'étrange qui lui demandait ce qu'elle ne voulait point, ce qu'elle ne pouvait point dire, — qu'il y avait dans ce regard interrogateur quelqu'une de ces curiosités si familières aux enfans qui veulent tout savoir et y parviennent parfois. — La pauvre mère se détournait alors de ce regard, et éperdue, tremblante de la triste vérité, elle essayait de distraire le jeune enfant, sans y trop parvenir, croyait-elle.

C'était un tourment de chaque jour et de chaque heure.

Comme toutes les coupables, comme la

15.

jeune fille séduite, comme le mari qui trompe sa femme, comme la femme qui trompe son mari ; il lui semblait que sur son front, tout était écrit en lettres de feu, qu'on y lisait tout et tout, tout jusqu'à la naissance de cette petite fille étrangère et adorée. — Quel supplice !

Pour le monde c'était bien autre chose. — La duchesse à cause de son double deuil, celui de son mari et de son père, avait bien pu fermer ses grandes portes à ses nombreux visiteurs et admirateurs d'autrefois ; mais à ses amis, à ses amies, un des battants de cette porte était resté entr'ouvert.

Quelle figure alors faire à toutes ces amies ? que répondre à toutes ces curiosités ? que dire ? — Si elle souriait, il lui

semblait que sous ce sourire, il y avait
une douleur — si elle s'impressionnait il
lui semblait que sous cette larme, il y avait
un mensonge; — et puis le soir venu,
le soir, quand elle avait renvoyé ses
femmes, quand seule, à la lueur de sa
veilleuse, en tête-à-tête avec la croix que
lui avait donnée sa mère en mourant,
elle ouvrait d'une main tremblante la porte
du temple secret que chacun de nous
porte en soi, *celle de sa conscience!* qu'y
trouvait-elle, grand Dieu? La faute, toujours la grande faute de laquelle elle ne
pouvait sortir, à laquelle tout la rame-
nait impitoyablement, et puis son fils,
et puis la terreur où elle était qu'il
apprît tout, qu'il devinât tout, et puis
cette innocente et adorable fillette qu'elle

aimait, qu'elle adorait, — la preuve, la preuve vivante de sa faute !

C'était pour elle presque de la folie, de cette folie qui rit avec l'amour et pleure avec le remords, de cette folie qui aime et qui déteste... la folie enfin !

Une circonstance d'un jour, d'une heure en vint donner une autre preuve.

Un jour, elle reçut une lettre qui la prévenait que sa petite fille était malade. — Là dessus, la tête de la mère s'enflamma, les mères croient toujours au plus mal ; — là dessus, elle se forgea à elle-même tous les malheurs, tous les désespoirs, elle allait perdre sa fille ! — Puis, un moment après, revenant sur les conséquences de cette mort, sur sa faute effacée par Dieu lui-même ; elle se sou-

mettait à ce décret de la Providence ! —
peut-être, se disait-elle, était-ce Dieu lui-
même qui pour l'affranchir du poids de sa
faute, lui envoyait en même tems la douleur et la résignation ? — Mais non, bientôt après, la mère avait reparu, et se jetant à deux genoux, elle demandait au
Seigneur miséricordieux de lui conserver
cet être qu'elle aimait peut-être plus,
qu'elle aimait du moins autrement que
son grand fils légitime.

Les mères, dit-on, sont aussi faites. —
Dans cette nature délicate et tendre, il y
a, dit-on, plus de tendresse véritable pour
les enfans de l'amour que pour les légi-
times. — Les mères sentent que ces petits êtres ont plus besoin d'elles, que le
secret de leur naissance, leur situation,

leur vie tout entière a plus besoin de leurs
soins, de leur protection, et elles les
aiment ainsi autant, peut-être plus !

Demandez aux mères coupables pourquoi cet excès de tendresses, de soins,
d'inquiétudes, elles vous répondront par
un sourire et une larme — et si vous êtes
intelligent, cette larme vous aura tout dit.

XXI

La mère de la petite Marguerite, toujours soigneusement cachée à tous les yeux,
en était donc là.

Devant son fils, devant tout le monde,
devant son terrible secret, elle tremblait,
et le gardait au plus profond de son cœur,
comme on garde le remords d'une triste
vérité.

Deux années se passèrent de la sorte et à

la fin de la première, aux vacances du
collégien, la duchesse emmenant son
Edmond, était partie pour passer l'été dans
son vieux château de Villedieu.

La duchesse n'avait pas paru à Villedieu depuis la mort de son mari, aussi son
retour fut-il pour tous et pour elle-même
comme une douleur nouvelle.

Elle n'avait connu Villedieu que sous la
couleur des fêtes et des joies qui avaient
éclairé son mariage, — elle n'avait connu
de tous ces bons habitants que des figures
heureuses et souriantes; au lieu de toutes
ces joies, elle ne retrouvait que tristesses.

Le duc manquait, le père manquait, la
désolation était partout, parmi les amis,
parmi les riches, parmi les pauvres surtout; tous avaient pleuré et pleuraient

encore celui qu'ils avaient connu et aimé petit enfant, qu'ils avaient aimé jeune garçon, qu'ils avaient aimé et honoré grand seigneur et le meilleur des amis.

Cette impression de tout un pays, de tout ce pays de bons paysans frappa singulièrement la veuve et il lui sembla qu'elle seule ne l'avait pas assez pleuré.

— Il lui sembla que sa faute, cette faute toujours vivante et présente, était d'autant plus coupable que l'honneur de la mémoire de son mari était grand ! — Triste retour sur soi-même, triste expiation de ce qui ne s'expie pas.

La visite du vieux curé surtout, de celui qui l'avait mariée, lui fit une singulière impression. — Elle était grecque de religion, elle avait souvent entendu dire

16

que notre sainte religion catholique était
une religion compatissante, qu'elle savait
pardonner ; elle avait vu le duc, son mari,
la pratiquer simplement, pieusement ; son
fils Edmond avait été élevé dans cette religion, il était dans l'âge où l'on va s'ap-
procher du premier sacrement conféré aux
enfants ; elle eut un instant la pensée d'en
avoir davantage. Elle questionna beaucoup le vieux curé, et elle en apprit beaucoup de choses qu'elle ignorait ; cela surtout, que la charité effaçait bien des choses,
que la charité était une des expressions
de l'amour de Dieu lui-même ; — qu'avec
la charité, on pouvait tout espérer ; — et
après ce premier entretien qui se renou-
vela, elle devint la plus charitable des
femmes ; — tous les pauvres de la contrée

affluaient au château : il y avait, près de la cuisine, une sonnette pour les pauvres, et c'est là, au premier tintement de cette sonnette du pauvre, qu'on leur distribuait le pain et le vin.

Mais de là, de cette vertu de la charité à un autre acte, à celui institué par notre religion, celui de dire à autrui, à un homme, à un ministre de Dieu toutes ses fautes, que de chemin à parcourir ? — Les dire à Dieu seul, c'était plus facile, les dire à un homme qu'on voit, qu'on rencontre chaque jour, qui vit auprès de vous, qui est votre commensal, quel embarras ! quelle terreur ! quelle impossibilité !

Impossibilité surtout pour la faute qu'aurait eu à avouer la duchesse coupable et pénitente ; — impossibilité surtout quand

le fruit cueilli un jour à la branche défendue pouvait être là, un jour, avec ses vives
couleurs, sa petite peau veloutée, — quand
un jour peut être, Marguerite rendue à sa
mère arriverait auprès d'elle pour témoigner par sa présence de la grande faute.

C'est cette terreur, ce sentiment invin-
cible de pudeur et de honte qui détournait
encore la mère coupable de tout avouer,
et de demander au Dieu des catholiques
le pardon qui lui eût cependant fait tant
de bien.

Elle ne put s'y résoudre, ni avec le
vieux curé de Villedieu, ni avec tout autre;
elle resta dans son secret et ses tourments.

XXII

Deux grandes années se passèrent donc ainsi, tantôt à la campagne, tantôt à Paris, et l'éducation d'Edmond avançait. Il avait près de onze ans, il était déjà un grand garçon, sage, distingué, gentil-homme déjà jusqu'au bout des ongles,

16.*

et la petite Marguerite, toujours cachée,
toujours aux soins de sa nourrice, était la
plus rosée, la plus dodue et la plus jolie
des blondettes, écrivait-on ; lorsqu'un jour
la mère, par un de ces sentiments que
connaissent seules les mères, se sentit
tout à coup incapable d'être plus longtemps séparée de cette tendresse ; elle
avait jour et nuit combattu ce projet du
retour de cette enfant; jour et nuit, — elle
avait imaginé cent stratagèmes différents
pour l'introduire au foyer de la famille
sous quelque bon prétexte ; — enfin, n'y
tenant plus, folle d'ivresse, folle de la
pensée d'embrasser à toute heure cette
fille chérie, de vivre avec elle, avec sa
voix, son petit regard, son petit sourire ;
elle se résolut à aller la chercher, elle

partit, et quelques jours après, elle revenait triomphante avec son trésor.

La fable était celle-ci : une dame de ses amies, une amie de jeunesse, Mme *Dorner*, était morte et en mourant elle lui avait laissé une petite orpheline sans fortune et sans famille, la priant de l'élever et d'être sa seconde mère.

C'est au moyen de ce stratagème que rentrait à Villedieu avec son cher enfant, à elle, la duchesse Alexandra.

L'arrivée de cette enfant n'excita aucun doute, l'histoire était toute simple, la duchesse était connue surtout par son bon cœur, on y crut et le jeune Edmond, le premier, se réjouit de la figure de cette petite babie qui apportait une joie dans la famille.

Cette nouvelle famille va donc commencer sous une forme nouvelle, et sous cette forme nouvelle va commencer une nouvelle vie, — une vie à trois, — la mère, — le fils — et la fille d'adoption. La mère veille avec une égale maternité sur tous les deux.

Quand nous disons qu'elle veille avec une égale maternité, nous nous trompons.

Dans son fils, la duchesse avait mis tout son orgueil; — dans sa fille, la mère avait mis tout son amour.

Oui, les illégitimes ont ces préférences inexpliquées — elles sont, la plupart du temps, plus belles, plus attrayantes que les autres; elles sont les fruits préférés d'un amour partagé et ces fruits-là sont ordinairement parés de toutes les grâces

du printemps, ils en portent l'empreinte :
—tel était, du moins, le fruit de l'amour
de la belle duchesse; ainsi il était soigné,
— aimé, adoré, baisé sur tout son petit
corps.

XXIII

Cependant et à travers tant d'événements si étranges, si divers et si tristes, la duchesse, ainsi entourée, s'était peu à peu rassurée et avait repris courage. — Elle avait rouvert sa maison à Paris, et quelque lueur de tranquille bonheur avait fini par éclairer d'un doux rayon cette nouvelle famille.

Le fils de la duchesse, son cher Ed-

mond, était en même temps, et les années aidant, devenu un homme ; il avait brillamment terminé ses études de collège, et déjà (il avait à peine vingt ans) il était entré au ministère des affaires étrangères.
— Il se destinait à la diplomatie, — Edmond réunissait pour cette grande carrière toutes les conditions désirables. — Il était duc de Schomberg, avait une grande fortune, était intelligent, réservé, adroit déjà ; — il était du bois dont on fait plus tard un ambassadeur.

Toutefois se préparer à la diplomatie, dans les temps où nous vivons, n'était point, il faut bien le dire, chose aussi facile qu'on pourrait le croire.

La diplomatie d'aujourd'hui n'est plus la diplomatie d'autrefois.

Autrefois, chaque pays, chaque peuple étaient gouvernés selon les mœurs, les traditions qui leur étaient propres. — Il existait des frontières naturelles et séculaires que rarement on eût songé à franchir. — Chaque pays, chaque peuple avait sa nationalité, ses vieilles mœurs, son esprit, ses facultés spéciales, quelques-unes immortelles. — C'est ainsi que la France, les États du Nord, ceux du Midi, l'Espagne, l'Italie surtout, présentaient au diplomate un champ d'observations aussi naturel que facile.

De nos jours, et avec le progrès, tout a changé, — chaque nation, chaque citoyen de cette nation n'est plus ce qu'il était jadis. — Il règne, il s'infiltre partout sans savoir d'où il vient, d'où il souffle un certain courant d'idées, d'opinions, de visées, de revendications et même de conquêtes, qui fait que tout est déplacé et hors de sa voie, que nul n'est plus de son pays, — sorte de révolution morale et presque physique qui fait que la discorde est partout, dans les têtes, dans les cœurs, dans les mœurs, dans les traditions, dans les gouvernants, dans les gouvernés de tous les pays, quels qu'ils soient.

A travers cette décomposition latente et acharnée de toute société comme de tout gouvernement, le rôle de la diplomatie a cessé d'être une simple observation des pays auprès desquels on est accrédité, la diplomatie est devenue la plus difficile — la plus mobile, la plus ardue des missions.

Pour s'y bien préparer, il faut aujourd'hui des études, des soins, des mœurs presque spéciaux.

Le jeune Edmond de Schomberg, malgré son jeune âge, avait déjà en lui comme l'instinct et la tradition de ces grandes fonctions.

Son premier pas au ministère avait été un succès.

D'après certains documents secrets que lui avaient communiqués ses chefs, ils l'avaient chargé de faire sur la situation de l'Italie vis-à-vis de la France, politiquement et économiquement, un rapport spécial et détaillé.

Le jeune duc Edmond avait, avec un véritable talent, peint et exposé brièvement quelles étaient devenues ces relations entre les deux peuples, ce qu'on de-

vait en attendre, quelle conduite devait
tenir le cabinet français vis-à-vis du cabinet italien et, à tout événement, ce qu'il
serait bon ou utile de faire ou d'éviter.

Le style de ce rapport était clair, net,
sans ambages, mais en même temps discret et sage. — Le mot y était juste, res-
pectueux. — La couleur n'y manquait point
et l'image y paraissait naturellement avec
la leçon, — c'était sans phrases inutiles,
sans forfanteries inutiles, — déjà on y sentait le diplomate dans toute sa sagacité, on
y apercevait à côté des dangers les remè-
des à employer, tout y était indiqué avec
cette finesse, cette prévoyance, cette fermeté qui eussent guidé au besoin, comme
un fil conducteur, les plus vieux diplomates
dans le grand labyrinthe de la politique.

Le jeune duc en fut vivement compli-
menté, et pour le récompenser le ministre,
par exception, l'avait attaché immédiatement à l'ambassade de Rome, auprès du
roi d'Italie.

XXIV

Le jeune duc n'avait pas eu que cette
sorte de succès. — A Paris et un peu partout, lorsqu'on est jeune, distingué,
aimable, qu'on a une grande fortune, un
grand nom, qu'on est duc, on est déjà
le point de mire de plus d'une ambition,
d'une certaine recherche.

Les mères déjà commencent leurs visées
— toutes celles qui ont des filles ont

déjà cherché les moyens d'être les amies
de la mère du jeune homme, — les
marieuses, en un mot, de certain faubourg sont en campagne. Ces marieuses
sont une corporation, une sorte de société
anonyme qui est toute une puissance. —

Cette corporation sait déjà l'âge, les
goûts, quelquefois les erreurs du jeune
homme. — Elle le suit partout où il va,
où il est, où il n'est pas, pour voir.

Elle sait sur le bout du doigt quelle
sera sa fortune présente, sa fortune future.
— Elle a calculé l'âge des grands parents,
elle connaît les oncles et les tantes et leurs
héritages, ce qu'on doit en attendre. —
Elle surveille les morts, calcule ce qu'ils
ont pu laisser au jeune homme.

Elle sait exactement, de ce jeune homme

la dépense, les dépenses, le train de vie, le train de maison, compte ses chevaux, ses chiens, ses voitures ; *elle* sait s'il a ou s'il n'a pas de dettes, de dettes de jeune homme.

Elle pénètre jusque dans les alcôves des impures, suppute ce que peuvent bien coûter ces tendresses, connaît les colliers ou les bracelets donnés ; en un mot, ne quitte pas d'un pas, d'une heure, celui qui d'avance est le gendre préféré de toutes les convoitises.

On a bien deviné d'avance que le jeune duc de Schomberg était, de la part de ces marieuses, un des premiers convoités.

Le duc Edmond, en outre, était déjà un fort beau garçon ; — il était grand, d'une jolie taille, d'une agréable tournure.

— Sa figure était ouverte et souriante, ses manières des plus distinguées; il était le portrait vivant de son père qu'il rappelait aussi bien par sa galanterie que par sa noble race.

Déjà donc, à l'époque qui nous occupe, Edmond était le chéri de toutes les mères, le point de mire de toutes les jeunes filles à marier. — La duchesse sa mère, une fois, s'était même hasardée à lui parler de certaine ouverture qui lui avait été faite; mais le duc en avait ri, et, pressé de gagner son poste, il était parti pour Rome.

XXV

La duchesse alors, restée seule avec sa
fille adorée qu'elle montrait et qu'elle
cachait tour à tour, comme on montre et
on cache parfois ce qu'on a de plus pré-
cieux ; — la duchesse, nous l'avons déjà
indiqué, s'était décidée à rouvrir à deux
battants les portes de son salon.

Son deuil, ses deuils étant depuis longtemps passés, sa vie d'autrefois avait peu

à peu repris son cours; les couleurs de ses plumes et de ses rubans avaient reparu et avec elles tous ses amis du temps passé.

La duchesse de Schomberg, *la maréchale*, était jeune encore, plus belle peut-être que lorsqu'elle n'était que jolie, — d'un esprit alerte, d'une sagacité pénétrante, d'une humeur et d'un humour toujours prêts et vivants ; — les malheurs qu'elle avait éprouvés lui avaient donné dans l'air, dans la tournure, quelque chose de plus imposant; — il n'était pas étonnant alors que, même à son âge, quelques uns eussent songé à faire cesser ce veuvage. — Beaucoup en effet l'entourèrent, beaucoup devinrent ses amis, beaucoup espérèrent et, si l'on en croit la chronique, plus d'un aurait fait la demande.

La duchesse ne pouvait ouvrir que l'oreille, et encore! à de semblables prétentions; son cœur était désormais fermé à tout autre sentiment que celui d'une double maternité. — Elle avait deux enfants sur qui elle avait reporté toutes ses tendresses — fière du premier, adorant le second, là était désormais toute sa vie, cette vie qui cependant devait être encore si cruellement éprouvée. Tout allait donc ainsi selon son cœur, lorsqu'elle reçut de Pétersbourg une lettre qui lui donna fort à penser.

Le comte de Merkoff, le jeune et heureux officier qui fut le père de Marguerite, arrivait à Paris.

XXVI

M. de Merkoff, dès que la duchesse, soupçonnant son malheur, avait emporté dans son sein la preuve de sa faute ; M. de Merkoff, frappé dans sa plus vive et chère affection, n'avait pu rester dans les lieux qui lui rappelaient tant et de si tendres et de si douloureux souvenirs. A Pétersbourg, dans cette maison du général, du père d'Alexandra, tout lui était un remords ;

il avait donc quitté le régiment des gardes dont il était un des capitaines et s'était fait attacher à l'armée du Caucase.

Là, on faisait tous les jours la guerre; la guerre est un bon remède aux douleurs de cœur, on y joue à chaque heure sa vie, et qui joue sa vie bravement en oublie volontiers les tourmens; le comte de Merkoff était dans ce cas, il avait beaucoup à oublier, il était un brave, il se voua tout entier à cette nouvelle et noble phase de sa vie.

Par un de ces hasards qui ne se rencontrent que dans les armées, M. de Merkoff se trouva dès les premiers jours attaché à l'une des illustrations militaires les plus considérables de l'armée russe.

Celui qui fut plus tard le héros de

Plewna, le vainqueur d'Osman pacha, l'illustre Skobeleff, était alors un simple chef d'escadrons de hussards. M. de Merkoff était, sous ses ordres, l'un de ses capitaines.

Chaque jour, on avait affaire à l'ennemi, et un matin, une reconnaissance avait été commandée sur les avant-postes.

Skobeleff marchait en tête avec quelques cavaliers, lorsque soudain, du creux d'un rocher, partit une terrible fusillade, bientôt suivie d'une nuée de Circassiens arrivant au galop et cernant l'intrépide Skobeleff, déjà presque leur prisonnier.

A ce bruit, à cette vue, M. de Merkoff était accouru, avait délivré son chef, sabré tous ces suppôts d'embuscades; mais, frappé au bras d'un coup de pistolet, il

18.

avait été ramené par Skobeleff dans le plus triste état.

Sa blessure était grave, deux jours après, on lui faisait l'amputation de ce bras.

C'est ainsi que, portant avec lui la marque de son courage, il était rentré à Pétersbourg, où il avait dû renoncer à son métier d'officier.

Dès lors, le chagrin, le noir chagrin s'était emparé de lui; il avait longtemps réfléchi, avait longtemps caressé dans sa tête et son cœur le projet de revoir Alexandra, — il se savait père, il ne connaissait point sa fille, il se résolut donc à venir demander à sa mère de lui montrer cet être qui lui rappelait de si doux souvenirs.

Il arriva à Paris, et le jour même, il était chez la duchesse.

On juge de l'émotion des deux anciens amis.

Une femme, une femme coupable même, ne revoit jamais celui à qui elle a tout donné, sans se sentir quelque chose au cœur. — Elle a pu, après son malheur, détester son séducteur; elle a pu jurer de ne le revoir jamais; mais avec le temps, toute douleur et toute haine s'apaisent, toute aversion s'émousse; la faute se pardonne, elle a été partagée, — et c'est la main dans la main qu'on revoit l'ami des bons jours.

La duchesse fit donc au comte le meilleur accueil, mais, cette fois, elle ne lui montra pas encore la gentille Marguerite.

Enfin, un jour, un soir, plus préparée
à cette étrange et délicate entrevue qui lui
rappelait la grande faute, elle permit à
sa fille d'entrer.

Marguerite parut; elle était souriante,
simple et timide comme la jeune fille de
son âge; — sa mère lui dit que ce monsieur était un de ses bons amis. M. de
Merkoff demanda à l'embrasser, et dans
les yeux du père et de la mère brilla une
grosse larme. — Ce que cette larme ren-
fermait de choses !

M. de Merkoff devint donc tout naturellement un des habitués de la maison;
il était Russe, officier de distinction; nul
n'y vit rien d'extraordinaire, et le temps
s'écoula ainsi dans ces relations, jusqu'au
départ de la duchesse pour Villedieu. —

M. de Merkoff alors repartit pour la
Russie; il avait connu et embrassé sa fille,
il pouvait mourir heureux.

Certains dirent alors que le voyage de
M. de Merkoff avait eu pour but la
demande de la main de la duchesse. L'intimité qui régnait entre les deux aurait pu
le laisser croire, mais nul ne connaissait
la vérité, et jamais la duchesse n'aurait
consenti à changer son nom, celui de son
fils, contre celui de son ancien amant.

Il mourut de ses blessures quelques
temps après.

XXVII

Revenu à Villedieu avec sa fille, la duchesse continua à y être la plus heureuse des mères.

Marguerite, on se le rappelle, était arrivée à Villedieu un bébé, à peine âgé de deux ans, une poupée rose, ronde, potelée, délicieuse. — Son enfance, qui avait été un peu tourmentée, avait bientôt fait place à la santé la plus florissante. —

Peu à peu, elle était devenue une fillette gentille, joyeuse, douce et sage ; et lorsque le duc Edmond venait chaque année, plus souvent même, revoir sa mère, il retrouvait toujours chez cette enfant quelque nouvel attrait ; — la rose s'était développée, ses nuances étaient plus délicates, — sa tige plus ferme et plus droite, son parfum plus doux, nulle épine, — la fleur était prête à être cueillie.

Son portrait pouvait être celui-ci.

Marguerite était toute blonde — ses grands yeux étaient bleus, d'un bleu tendre — ses paupières soyeuses — elle avait des sourcils arqués — la bouche petite et souriante, — le teint blanc et un peu pâle, — la peau d'une singulière finesse ; on y aurait vu le sang couler dans ses petites

veines bleues ; — cet ensemble était, à bien
dire, un pastel de Latour, léger, frais,
velouté comme l'aile d'un papillon.

J'oubliais : — ses bras, ses épaules
étaient blancs comme neige, ses pieds
d'une singulière petitesse, ses mains fines
et aristocratiques.

Son air, son regard étaient timides ; —
elle pensait plus qu'elle ne disait, était de
nature douce, transparente ; on y aurait
lu, si on l'avait osé, tout ce qui se passait
au dedans ; — en un mot, déjà à son âge,
Marguerite était une délicieuse Marguerite
de Faust.

Son commerce avec sa mère (qu'elle
ne soupçonnait même pas) était de la
plus douce tendresse ; elle l'appelait *ma
bonne amie,* ne s'inquiétait point de sa

19

naissance, savait qu'elle avait été confiée
aux soins de cette bonne amie, et n'en
voulait savoir davantage.

Élevée presque avec Edmond, c'est avec
lui que d'abord elle avait passé sa première
enfance, c'est avec lui et par lui qu'elle
avait été gâtée de bonbons et de gâteaux ;
c'est Edmond qui lui avait donné sa
première poupée.

Devenue petite fille, c'est Edmond qui
lui avait donné son premier livre, son
premier pupitre à écrire, c'est avec Edmond
qu'elle avait joué librement, à cache-cache,
à la main chaude, à tous les jeux innocents du premier âge.

Plus tard encore, devenue jeune personne, c'est Edmond qui lui avait donné
son premier piano, dont elle jouait fort

bien — c'est avec Edmond qu'elle allait
au village, à la messe, voir ses pauvres,
faire à deux de ces bonnes visites dont le
secret est le charme et le mérite — c'est
avec Edmond, bras dessus, bras dessous,
qu'on la voyait partout, tous deux, comme
Paul et Virginie, sous le même parasol,
causant tous bas!

De son côté, le duc Edmond était devenu
en peu d'années, par son travail, sa sérieuse distinction, un homme véritable; il
avait à peine vingt-six ans et déjà il était
nommé second secrétaire à l'ambassade de
Rome, la carrière lui était grande ouverte,
il devait réussir.

D'ailleurs, Edmond était resté le grand,
beau et sage garçon que nous connaissions
— à Rome, dans la haute société où il

vivait, — à Paris, dans le monde de sa mère, on lui avait fait bien des proposi- tions de mariage, il les avait toutes refu- sées.

Telle était la situation, lorsque com- mença le drame terrible dont notre chère hirondelle va nous dire tous les détails, avec une si rare fidélité.

SECONDE PARTIE

XXVIII

Ici, la scène s'ouvre d'abord sous les couleurs de l'idylle la plus tendre. Il en est toujours ainsi.

L'air est léger, tout embaume de ce parfum que rien ne contrarie, tout sourit autour de tous, le ciel, la terre et les fleurs.

19.

— Edmond est arrivé, Marguerite est
heureuse, et la mère elle-même oublie bien
des choses en voyant le bonheur inno-
cent de ceux qu'elle aime.

La vie est la douce vie des champs.
Aux champs, tout de la ville est oublié,
les rubans et les plumes ont disparu, les
satins et les fines dentelles sont restés
dans les grands salons dorés; les airs
empruntés, les grandes coquetteries et les
bonjours officiels sont oubliés; — l'heureuse nature, la libre nature a tout rem-
placé, a tout embaumé de son délicat et
simple parfum, tout sourit du matin au
soir; — le soleil qui nait, le soleil qui se
voile, tout vous suit, vous regarde, vous
accompagne et vous charme; et quand
vous aimez, tout chante avec vous, à votre

oreille, à l'oreille secrète que vous savez, cette chanson que nulle mélodie en ce monde n'a jamais égalée.

La saison des champs est donc la vraie saison des amours, — là seulement, on aime bien et on est bien aimé.

L'hirondelle ne raconte jusqu'à présent que les premières impressions de ce doux sentiment, dont elle suit, en voletant, les moindres phases ; elle assiste curieuse et discrète aux moindres de ces pures émotions, à ce partage de tout ce qui vit et respire, avec ceux qui aiment.

En effet, la vie entre nos deux jeunes amis ne semble être dès ce moment qu'une sorte de secrète entente, où tout se partage.

Les matins, — voyez le hasard, — c'est

toujours Edmond et c'est toujours Marguerite qui sont levés les premiers, — ce sont
toujours eux qu'on aperçoit là-bas, bien
loin, à travers les grandes herbes, sous le
premier rayon de soleil, cherchant une
fleur des champs qu'Edmond trouve toujours le premier, et que Marguerite por-
tera toute la journée : — au retour et
après les bonjours à la chère mère et à la
bonne amie, c'est toujours Marguerite qui
dira un mot à l'oreille d'Edmond et qui
partira avec lui pour la ferme, où gît une
pauvre malade, pour la cabane où les enfants d'une pauvre aveugle viennent en
riant au-devant de la providence du bon
Dieu!

Le soir, Marguerite est à son piano,
elle sait en jouer presque comme une ar-

tiste, elle y joint une douce et charmante voix : Edmond lui aura demandé l'un de ces airs qu'elle chante si bien ; celui-ci par exemple — « *Si vous n'avez rien à me dire?* » — Elle l'aura dit avec toutes les voix de son cœur, et Edmond y aura répondu, non de la voix, mais du cœur aussi ; le partage en toutes choses !

Un autre jour, c'est une partie de cheval avec Edmond. — Marguerite était une excellente cavalière — quoique petite de taille, il y avait dans cette taille une telle souplesse, une telle maestria, que nulle en selle n'était plus charmante.

Toutefois aussi à cet air doux, elle joignait une grande hardiesse.

Un matin, on ne sait jamais pourquoi, son cheval noir avait été inquiet, il s'était

montré difficile à monter, — en partant,
il avait été indocile, nerveux, puis il s'était
dérobé, cabré ; — qu'avait-il ? était-ce un
présage ?

La promenade s'annonçait donc ainsi,
lorsqu'au détour d'un petit chemin qui
bordait un champ de millet, un lièvre
s'était levé — l'animal alors avait pris
peur ; Marguerite vainement avait essayé
de le modérer, il s'était alors emporté,
avait pris un galop effréné, puis avait disparu avec son écuyère.

Edmond affolé avait essayé de suivre ;
il avait suivi un moment, mais bientôt,
tout devant lui avait disparu dans la
poussière.

Ne se connaissant plus, affolé, déses-
péré, Edmond était alors arrivé dans la

cour d'une ferme pour demander, — le
cheval était dans la cour, Marguerite n'y
était pas! — Où était-elle? — Où était-
elle tombée? — Était-elle morte? — Était-
elle vivante? — Était-elle blessée? Toutes
ces anxiétés avaient passé dans son cœur,
dans tous ses sens plus vite que la plume
qui les écrit; — enfin, il la trouvait plus
loin, à terre, assise, pâle, inquiète; —
elle avait été désarçonnée, mais n'avait
aucun mal. — Son inquiétude, écrite dans
tous ses traits, n'était point pour elle,
mais pour celui qui galopait derrière
elle, pour celui (car déjà faut-il le dire?)
pour celui qu'elle aimait!

Que se dirent les deux amis en se retrouvant, quels serrements de mains, quels
regards s'échangèrent, quels mots se mur-

murèrent ? — Eux seuls l'ont su, et se les
sont rappelés toujours !

On ne dit rien à sa mère de cet acci-
dent, déjà on la craignait et on se cachait
d'elle ; pourquoi ?

XXIX

Mon Dieu, on a bien tort de se cacher des mères, — on ne se cache pas d'une mère.

La mère, avec ce sens intime qu'elle seule possède, voit tout dans son enfant, rien ne saurait lui échapper. — Elle a mis au monde le cher trésor qu'elle n'a pas quitté d'un jour — de ce cher trésor, elle devine

20

tout, même les pensées les plus secrètes ; — elle les lit, comme dans un livre, sur le visage, dans les yeux de son enfant. — S'il est un bébé, c'est le désir d'un gâteau — s'il est une fillette ou un gamin, c'est le désir d'une poupée ou d'un tambour — plus tard, dans la première jeunesse, ce sera tout ce qui approche davantage et peu à peu de la vérité — plus tard encore dans l'âge où le cœur aura commencé à épeler les premières syllabes du grand mot, les mères aussi devinent tout, voient tout, surprennent tout, de ce cœur à peine ouvert ; elles ne se trompent jamais.

La duchesse en était-elle là, avec ses deux enfants ?

Dans toutes ces petites fugues à deux, dans tous ces prétextes de solitude à deux,

dans l'air qu'on chantait le soir au piano,
pour deux, elle avait déjà tout soupçonné.

— *S'aimeraient-ils ?*

A cette pensée, grand Dieu, à cet affreux
soupçon, tout son cœur s'était de nouveau
soulevé, toutes ses terreurs avaient recom-
mencé, toute sa blessure, sa vive et terrible
blessure s'était rouverte.

Ils s'aimeraient ! — mais, ils ne le
pouvaient, mais un abîme les séparait ; —
mais eux deux, s'aimer et se le dire, c'eût
été un crime, plus qu'un crime !

Ils ignoraient donc le fatal secret, ils
ignoraient donc qu'ils étaient les enfants
de la même mère ! — Ils ignoraient donc
qu'ils étaient *frère et sœur !* — Alors, il fallait à tout prix les éloigner, les séparer,
sans rien dire, sans laisser rien percer de

ce fatal secret, de cette terrible faute, il fallait alors dire et ne pas dire, il fallait ordonner et cependant se taire !

Grand Dieu ! — là était le prélude du grand drame, — là, les premiers éclairs de l'orage qui bientôt allait frapper les échos de ce paradis où régnaient tout à l'heure encore de si douces émotions, — où s'ouvrait tout à l'heure encore l'innocente aurore d'un bonheur si pur.

L'orage était proche.

XXX

Un soir donc, Marguerite était montée
chez elle de meilleure heure, — la duchesse
était seule, Edmond était près d'elle, un
grand silence se faisait, et le fils et la mère
échangeaient des regards singuliers ; lorsque, soudain, Edmond se rapprochant de
sa mère, lui fit le grand aveu.

Edmond aimait Marguerite, il en était

20.

aimé, disait-il, il la demandait à sa mère en mariage.

Marguerite, *en mariage !* — à ces mots, la mère était devenue blanche, blanche comme le marbre d'une statue.

« Épouser Marguerite ! dit-elle, mais tu n'y penses pas, mon Edmond ; mais c'est fou, insensé, mais c'est impossible ! »

Et, là-dessus, la mère se mit à lui énumérer, à lui détailler toutes les raisons, toutes les grandes raisons qui, selon elle, rendaient ce mariage insensé, impossible, indigne de lui, indigne de tous.

« Marguerite, disait-elle, est sans nom, sans naissance, sans fortune, sans situation. — Sa mère, qui était une amie à moi, me l'a confiée — j'ai promis de l'élever, de la rendre une personne simple, modeste

pieuse, je l'ai fait, — sa mère m'a confié
son avenir, c'est sa dernière recommandation et bientôt peut-être j'aurai à songer
à cet avenir ; rien de moins, rien de
plus.

« Quand à toi, mon cher enfant, ton
père en mourant a confié à moi, ta mère,
la garde de l'honneur du nom que tu portes avec moi ; comment croire que jamais
je consentirais à ce que ce grand nom soit
sacrifié à un amour de fantaisie, à un
amour de passage, jamais ! — jamais, je
ne consentirais à semblable folie !

« Déjà, bien des grands partis se sont
présentés pour toi, déjà bien des grands
noms de notre vieille noblesse demandent
à s'allier aux Schomberg — je pourrais te
les citer : — Plus d'une La Rochefoucauld,

d'une Luynes, d'une Villars m'ont offert,
oui, offert leur fille, et toi, le seul héritier
du grand nom de trois maréchaux du roi
Louis XIV, tu irais épouser une inconnue,
une fille que j'ai, il est vrai, élevée et aimée
comme une mère, mais qui ne t'apporte-
rait rien, rien de ce que ton rang, ton nom
et toi-même avez le droit d'attendre et d'exi-
ger ! — Quoi ! tu t'allierais, je le répète, à
une petite fille qui n'est ni noble, ni fortu-
née, qui n'a ni père, ni mère, ni race ! —
Non jamais, ce mariage est impossible, il
ne se fera pas, la mort pour moi serait
préférable, non, jamais je n'y consen-
tirai ! »

Edmond eut beau objecter qu'il aimait
Marguerite, qu'elle était tout aussi bien
que nulle autre digne du nom qu'elle porte-

rait ; la mère qui savait tout, la mère qui
seule pouvait entrevoir à travers ses larmes et sa conscience le scandale et le
crime qui allaient se commettre, la mère
qui seule savait que ces deux enfans étaient
sortis de ses entrailles ; la pauvre mère eut
beau protester, pleurer, ordonner, rien
n'y fit. Edmond persista, déclara que si
sa mère ne consentait pas, il ne se marie-
rait jamais, — il aimait Marguerite, Marguerite l'aimait, c'était elle seule qu'il
épouserait, il saurait attendre.

Devant une semblable résolution, devant
une semblable volonté, devant un semblable amour, partagé, que faire ?

L'instinct maternel, cet instinct, si fé-
cond et parfois si puissant, pouvait seul
trouver le stratagème qui, pour le moment

du moins, devait éloigner tout danger.

La duchesse fit partir son fils pour son ambassade de Rome, lui conseilla de réfléchir, lui répéta (sans rien laisser percer du terrible secret) tout ce qui s'opposait à cet indigne mariage; — puis ajouta, comme une sorte de consolation, comme une lueur d'espoir, de cet espoir qu'on sait ne pouvoir se réaliser; que plus tard, avec le temps, il serait toujours temps d'aviser.

Le stratagème réussit non sans peine, non sans larmes. Edmond partit, fit de tristes adieux à sa mère et à Marguerite, mais *l'hirondelle* dit, qu'avant ce départ, les deux amoureux avaient échangé leurs anneaux — ils s'étaient eux-mêmes fiancés.

Son fils parti, la duchesse, qui était une

personne de résolution, la duchesse, qui
voyait éclater sur sa pauvre tête en puni-
tion de sa faute le scandale et le crime
d'une union impossible, qui voyait un frère
et une sœur ignorant l'affreuse vérité, prêts
à unir leurs cœurs sous le voile d'un mutuel
amour; la duchesse, disons-nous, résolut d'enlever subitement à tous les yeux
la preuve vivante de sa faute.

Marguerite, depuis le départ d'Edmond,
dépérissait à vue d'œil, se mourait à vue
d'œil dans un douloureux silence; pour la
remettre, pour la distraire, il fallait lui faire
changer d'air, de lieux, de personnes, il
fallait elle aussi l'éloigner, la dépayser : —
la duchesse avait en Crimée un château
acquis par son mari, lorsqu'il était gouverneur général d'Odessa, ce château était

tout meublé, tout prêt, il était à mille
lieues de la France, il pouvait mieux que
nulle autre retraite cacher une faute ; —
la duchesse annonça donc que bientôt elle
emmènerait Marguerite dans ce château,
où un air plus pur et plus doux la remet-
trait promptement.

Le départ fut alors décidé. Ce fut pour
Marguerite plus qu'une douleur. — Quitter
la France où elle laissait son Edmond,
quitter les lieux où, dès sa plus tendre
enfance, depuis plus de quinze ans, elle
avait vécu, aimé, c'était comme un adieu
éternel : — ces adieux à toutes ses petites
amies, à tous ses pauvres de Villedieu,
furent des deux côtés, une douleur — ces
adieux aux meubles de sa chambrette, aux
arbres, aux fleurs, aux rosiers qu'elle avait

arrosés et plantés, furent un chagrin partagé, — car les choses comme les personnes ont aussi leurs larmes.

Enfin, un matin, tout le château, toute
la chère population du petit village de Villedieu, étant sur pied, et autour de la voiture ;
la double et chère providence du pays, la
duchesse et sa fille Marguerite, partaient
pour la Crimée.

XXXI

La traversée de Marseille en Crimée
fut longue, mais la Méditerranée à cette
époque de l'année était unie comme un lac
bleu, on était en août, et au bout d'une
longue semaine dont les nuits étaient aussi
claires que les jours, on touchait aux rivages ensoleillés de la Crimée, aux abords
de la petite ville de Yalta.

Entre Yalta et Livadia (château habité par l'Impératrice) était la propriété achetée par le père de la duchesse Alexandra, quand il commandait à Odessa.

Cette propriété était un de ces châteaux, bâtis sous les règnes précédents, par les Galitzin, les Potocky, les Woronzoff, qui avaient fait de cette plage déserte et stérile une véritable merveille, par leurs pittoresques créations.

Le château de Myrska, c'était son nom, était l'un des plus agréables et des mieux situés de cette contrée, délicieuse d'ailleurs.

On est en Russie géographiquement, mais, par le ciel bleu, le soleil tiède, l'air embaumé, la verdure, la couleur, le feuillage des arbres, le parfum des herbes et des fleurs ; on est sur cette rivière de Gênes

où tout sourit et réchauffe le cœur. — On
y aperçoit peut-être moins de mouvement,
la mer y laisse passer moins de voiles
blanches; mais le tableau, pour être moins
animé, n'en présente pas moins de charme,
par quelque chose de doux et de soli-
taire.

Le flot baigne les jardins, s'y endort,
et y murmure — son babil est une har-
monie, son écume une dentelle.

Les arbres qui poussent, ombragent et
égayent cette oasis, ne sont ni des aloës,
ni des orangers (ils n'y viennent point),
mais des noyers, des érables, des figuiers,
des arbousiers qui y atteignent une grande
hauteur — des draperies de lierre et des
guirlandes de vignes sauvages recouvrent
tous les arbres séculaires de leurs grâces

21.

et de leurs festons; ce sont des jardins enchantés.

Les intérieurs, l'intérieur du petit château de la duchesse, répondait à tous ces appels de la nature — le général Dasckoff, son père, avait eu une très grande position, il en avait profité pour donner à cette petite habitation le luxe relatif qui convient aux seigneurs russes, tous si délicats et si habiles dans ce genre de créations; à la campagne.

XXXII

L'arrivée de la duchesse Alexandra dans son château de Myrska fut donc chose naturelle et dès les premiers jours de son arrivée, tous ses nobles voisins étaient chez elle.

L'Impératrice qui était venue passer la saison d'été à Livadia fut, elle aussi, la première informée de l'arrivée de la duchesse.

La duchesse était loin de lui être une
inconnue — on se rappelle que lorsque
la petite Alexandra Dasckoff était au couvent des demoiselles nobles de Pétersbourg, l'Impératrice entourait cette enfant d'une affection toute particulière, —
on se rappelle que lorsque la comtesse
Alexandra, au sortir du couvent, avait
été présentée à la cour, elle y avait été
accueillie par l'Impératrice principa-
lement avec une particulière distinction,
et que peu après, elle avait même été
nommée l'une de ses demoiselles d'honneur.

C'était cette même comtesse Alexandra, devenue duchesse de Schomberg et
bientôt aussi devenue veuve, qui venait
d'arriver; celle-là même dont le château

était le plus proche de celui de l'Impératrice.

La duchesse, dès le lendemain de son arrivée, faisait donc demander à Sa Majesté l'honneur de la voir, et l'Impératrice répondait qu'elle serait charmée de recevoir son ancienne et chère demoiselle d'honneur.

On se trompe quelquefois beaucoup sur les mœurs et les usages habituels aux cours du Nord.

Les princes et les princesses des cours du Nord sont avec la noblesse et d'autres, beaucoup plus simples et plus familiers qu'on ne le croit. — Leur accueil est amical, leurs manières toujours dignes, revêtues d'une grande affabilité. (Celui qui écrit ces lignes en a été souvent l'heu-

reux témoin pendant son séjour en Russie.)
Le lendemain donc de sa demande, la duchesse Alexandra était chez l'Impératrice,
reçue comme une ancienne amie.

XXXIII

Les visites de la duchesse à l'Impératrice furent bientôt celles de tous les jours.
A la campagne, même dans les cours, tout
est un plaisir, et bientôt après les premiers
moments, l'Impératrice avait pris pour la
duchesse une de ces habitudes qui commencent par un goût et finissent par une
affection.

Dans sa retraite, l'Impératrice se sen-

tait avec la chère duchesse, plus qu'avec
nulle autre, à son aise et en grande cu-
riosité de tout ce qui s'était passé, dans ce
monde de Paris dont on parle sans cesse.
— Elle lui faisait raconter avec tous les
détails ce qu'elle voulait savoir de toutes
choses et de toutes personnes. — Elle se
faisait raconter tout des grands salons à
la mode, des théâtres, des actrices, des
pièces nouvelles; — tout des amours du
grand monde, des fantaisies de l'autre,
des séparations, des petits et des grands
scandales; elle voulait savoir surtout tout
ce qui se disait des belles Russes, des
belles princesses russes en rupture de ban
un peu partout.

On lui racontait alors, par le menu,
tout ce qu'on savait, des grandes parties de

la princesse Souvaroff à Monaco, de ses grands gains, de ses immenses pertes; on lui disait de celle-ci les folies, de celle-là les inconstances, elle voulait tout savoir par noms, prénoms et qualités, et folies et séparations, et joies et douleurs, et tristes et joyeuses amours.

La duchesse avait dans sa nature un peu libre et essentiellement excentrique une manière à elle, à elle seule, de tout dire; l'Impératrice ne savait s'en rassasier.

— C'était pour elle, un de ces ragoûts fins et épicés qui flattent le palais et éveillent la gourmandise.

Cette intimité, car c'en était une, devait servir à souhait les projets de la duchesse.

On n'a pas oublié quel avait été le but

22

de son voyage : éloigner Marguerite de son fils, — laisser perdre à tous les deux des souvenirs dangereux et des résolutions qu'elle ne pouvait admettre, — éloigner de ces deux enfants le crime même qui eût résulté de leurs amours ; les dépayser ; — essayer enfin, pour dire le mot, de marier Marguerite loin, bien loin de la France !

La duchesse, dans un de ses longs et intimes entretiens, trouva donc le moyen d'insinuer à l'Impératrice le désir qu'elle avait de marier honorablement à un noble russe, la jeune personne qu'elle avait amenée avec elle.

C'était, disait-elle, une orpheline qui lui avait été confiée par une de ses amies, au lit de mort. — Marguerite était

fort simple, modeste, agréable, jolie
même, avait quelque fortune, elle devait
facilement faire le bonheur de quelqu'un.

L'Impératrice permit qu'on lui amenât
l'enfant, et dès le lendemain, Marguerite
dînait au palais avec la duchesse.

Marguerite fit le meilleur effet. Elle
était silencieuse, on trouva que ce silence
disait bien à une jeune fille, on la trouva
jolie, distinguée ; elle plut.

L'affaire, — car c'en était une, — ainsi
engagée, on la poursuivit. — Deux mois
se passèrent de la sorte et alors la duchesse, prétextant mille affaires qui la
rappelaient en France, — prétextant surtout la nécessité d'aller en France rejoindre
son fils, — craignant surtout de dévoiler
sa secrète tendresse, pour cette enfant

qui, aux yeux de l'Impératrice n'était pas le sien, craignant — par-dessus tout, faut-il le dire ? que ce secret vivant ne lui échappât un jour ; la duchesse, disons nous, parla de repartir.

Laisser Marguerite aux mains d'une autre qu'elle, c'était assurément une douleur, mais la duchesse, dès qu'elle avait soupçonné, découvert ces amours impossibles, dès surtout que son fils Edmond lui avait dit sur ces amours partagés, sur ces fiançailles secrètes toute la vérité ; la duchesse, en quittant la France avec Marguerite, avait forgé tout son plan.

Pour sauver son propre honneur de femme et de veuve, pour couper court à un amour impossible, à une union impossible et réprouvée ; il fallait la séparation

absolue, définitive de ces deux êtres innocents et coupables ; il fallait comme perdre
la pauvre Marguerite dans un pays lointain, l'y marier, l'y ensevelir avec ses
souvenirs et ceux de sa mère.

La duchesse donc, avec la fermeté qui
la caractérisait, ayant trouvé dans les
bontés de l'Impératrice comme une sorte
de consolation à cette grande séparation,
emportait l'espérance que le mariage que
lui ferait faire la czarine serait une
union honorable et heureuse ; — tranquille
donc, en apparence du moins, sur les conséquences de son départ, elle le fixa à une
date prochaine.

Auparavant elle avait trouvé une vieille
amie de sa famille, mandée exprès de
Pétersbourg, à qui elle avait pu confier

22.

Marguerite. — Cette amie ignorait tout,
elle avait seulement pour recommandation
expresse de souscrire à tout ce que pro-
poserait l'Impératrice ; — elle devait d'ailleurs écrire presque jour par jour tout ce
qui adviendrait à Marguerite.

La séparation entre la mère et la fille,
si peu expliquée, fut des plus doulou-
reuses. La mère coupable qui savait tout,
la fille innocente qui ne savait rien pleu-
rèrent beaucoup, et un matin, la pauvre
Marguerite se trouva seule avec sa gouvernante.

XXXIV

Les visites fréquentes de Marguerite au château de Livadia ne cessèrent point au départ de la duchesse, — tout au contraire, l'Impératrice trouvait l'enfant charmante, douce à vivre, obéissante à ses moindres désirs, empressée, toujours prête à lui faire quelque lecture, à lui chanter quelque romance nouvelle ; elle lui était une société.

Les jeunes filles ont ce charme secret

qu'elles rafraîchissent autour d'elles tout
ce qui pense et qui vit; peu à peu, l'Impératrice ne put se passer de cette enfant.

Cette sorte d'intimité amena bientôt
une confidence.

L'Impératrice qui s'était presque char-
gée, qui avait du moins accepté de marier
Marguerite, lui parla un soir de ce projet.

Il y avait alors, près d'elle, attaché à
son service, un des nombreux Galitzin qui,
en Russie, tiennent un rang. — Celui-là
était un jeune officier, il était en faveur,
fort bien en cour, il était, en outre, un
joli militaire, fort élégant et très aristo-
cratiquement élevé.

L'Impératrice lui parla de Marguerite,
comme d'une personne à laquelle elle
s'intéressait particulièrement; — l'intérêt

et l'amitié d'une impératrice de Russie sont plus qu'une dot, presque un ordre; le jeune Galitzin n'avait pas besoin d'ailleurs de cet ordre, il avait vu Marguerite, l'avait trouvée charmante; — il lui avait été présenté par l'Impératrice elle-même, — la connaissance s'était ainsi faite.

Marguerite, aux premières paroles de l'Impératrice se trouva d'abord un peu confuse, pâlit beaucoup et comme toutes les jeunes filles ne trouva pas une parole.

Cependant, plus tard, l'Impératrice insista davantage, pressa la jeune fille de répondre, pressa le jeune homme de faire à Marguerite sa demande; — Marguerite alors, plus émue, plus malheureuse, à bout de forces, sous le coup de tout dire à l'Impératrice, de tout avouer de la bague

qu'elle portait à son doigt de fiancée,
demanda quelques jours encore de réflexion; enfin, on la mit un soir au pied
du mur, une réponse catégorique fut exi-
gée.

XXXV

On a compris d'avance de quelle terreur, de quelle torture resta frappée la pauvre Marguerite.

Que faire? — Résister à une impératrice de Russie, elle une simple et pauvre fille, qui venait d'être l'objet de tant de soins et de bontés, était-ce possible? — D'un autre côté, oublier ainsi en un moment tout ce qui avait été promis à son

Edmond, à son fiancé, était-ce possible ?

La tête, la raison, la volonté de toute autre y eussent échoué ; l'amour de Marguerite sut seul trouver sa voie.

L'amour peut tout, il affronte tous les dangers, déjoue tous les pièges, brise tous les obstacles, se rit de toutes les distances.

Marguerite, inspirée par le noble sentiment qui ne l'avait pas quittée un instant depuis sa séparation de son cher Edmond, n'attendit pas une minute, et subitement, bravement, elle prit la plume ; et de cette main ferme et fidèle qui court sur le papier comme le sentiment qui l'inspire ; elle écrivit à Edmond, à Rome où elle le savait, qu'on voulait la marier à un autre qu'à lui, et que, son anneau au doigt, elle suppliait Edmond d'arriver, Edmond de la délivrer, Edmond de venir l'arracher au danger qui la menaçait.

L'amour avait parlé, l'amour répondit.

A la réception de cette lettre, Edmond ne balança point une seconde, traversa la Méditerranée et arriva.

Il savait que le château de Myrska était proche de Livadia, il se renseigna, et un soir, à six heures, déguisé en marchand juif, il sonnait à la grille du parc.

On lui ouvrit. — Il avait sur son dos la caisse qui contenait une foule de ces petits objets de toilette qui plaisent aux femmes. — Une longue robe de drap bleu entourait sa taille, il avait une fausse barbe.

Introduit auprès de Marguerite, son

23

émotion fut telle qu'il risqua de laisser
tomber sa petite caisse ; il se rassura cependant et étala sa pacotille.

La gouvernante, qui quittait peu Marguerite, s'étant éloignée un moment de
la chambre, Edmond alors, arrachant sa
barbe, se dévoila. — Marguerite en pensa
mourir de joie. — On convint de ce qu'il
fallait faire et la nuit, à deux heures,
alors que tout le monde dormait, Marguerite, sortant du château, elle aussi dégui-
sée, traversait le jardin, trouvait à la
grille son cher Edmond et partait avec
lui.

Le navire qui l'avait amené les emportait tous les deux.

Le jour se levait le lendemain quand
la disparition de Marguerite se découvrit.

On juge de l'émotion de tous. — La pauvre gouvernante la première en faillit perdre la vie. — L'Impératrice et le jeune officier en restèrent consternés ; toutes les recherches furent faites, elles durèrent longtemps, elles furent vaines, — vaines comme la lettre de la pauvre gouvernante à la duchesse, lettre qui n'arriva que trop tard.

Qu'était devenu le jeune couple ?

Edmond qui savait que jamais sa mère ne consentirait à ce mariage, Edmond qui se rappelait, mot pour mot, toutes les objections, toutes les résolutions, tous les ordres de sa mère ; Edmond qui, en même temps, savait mieux que nul autre que Marguerite qui l'aimait, que Marguerite, sa fiancée, ferait tout ce qu'il lui propose-

rait; Edmond prit alors un grand parti,
celui-là seul qui pouvait assurer son bonheur, le bonheur de tous les deux.

A peine débarqué à Marseille, il gagna
avec elle la Belgique. — Là, dans un
petit et obscur village, il connaissait un
vieux prêtre qui lui était dévoué, il lui
confia ce qui l'amenait, et un soir les deux
fiancés, — sous la douce ignorance du
lien fatal qui les unissait, — contractaient
au pied de l'autel, un mariage secret,
régularisé depuis.

Leurs serments et leurs cœurs ainsi
sanctifiés, ils se donnèrent le baiser des
époux.

Toutefois, comme Edmond malgré sa
faute, avait conservé pour sa mère un
inaltérable respect, comme Marguerite

aussi ne pouvait oublier tous les soins,
toutes les tendresses de cette seconde
mère ; tous les deux, aussitôt après,
s'empressèrent de courir à Villedieu, tout
avouer, et implorer leur pardon.

23.

XXXVI

Le dernier acte du drame fatal s'ouvre.

Dans les grands cataclysmes, dans les grands désastres, dans les noires tempêtes, sur terre, sur mer, au ciel, dans les cœurs, il y a toujours quelque avertissement qui les précède, quelque signe particulier qui les annonce.

Ici, il en fut ainsi.

La duchesse était tranquille à Villedieu, tranquille sur son fils qui devait être à Rome, et n'avait plus osé reparler de Marguerite à sa mère; — tranquille sur Marguerite qu'elle savait en Crimée, confiée à une amie sûre, et sous la protection spéciale de l'Impératrice; lorsque un soir certains signes étranges vinrent la frapper.

C'était en août, — la journée avait été brûlante, le soleil s'était couché tout rouge, la lune s'était levée toute rouge, les animaux étaient inquiets, les chevaux hennissaient dans les écuries, les chiens aboyaient; lorsque, vers les neuf heures, on entendit des grelots de chevaux de poste, on entendit comme une voiture dont les roues mordaient le sable de l'allée en montant rapidement : — peu après la cloche de la grille était agitée, on sonnait, une voiture demandait l'entrée — on ouvrait.

De cette voiture poudreuse, fatiguée, deux personnes s'élançaient.

Elles connaissaient les êtres, et immédiatement, elles couraient au salon.

C'étaient Edmond et Marguerite.

XXXVII

La duchesse était sur son fauteuil et,
la lampe allumée, elle lisait.

Les deux jeunes époux entrèrent, et se
jetant à ses pieds : « Mère, dirent-ils,
nous venons implorer notre pardon : —
nous sommes mariés ! »

A cette vue, à ces paroles, la duchesse
se sentit comme frappée au cœur : « Ma-

riés, fit-elle, mais c'est impossible ! —
Mariés ! Où ? Quand ? Comment ? — Mais
ce mariage est impossible, je le briserai,
— ce mariage est une fable ; vous me
trompez, — non, non, vous n'êtes pas
mariés, vous ne pouvez l'être, non jamais,
— jamais, vous entendez bien, jamais ! ! !

« Vous auriez donc oublié, mon fils,
tout ce que je vous avais dit de ce mariage,
lorsque vous m'en avez parlé ? — Vous
auriez donc oublié tout ce que je vous
avais dit sur la situation de Marguerite,
sur la recommandation sacrée que m'avait
faite sa mère, en mourant, de m'occuper
seule de son avenir ? — Vous auriez donc
oublié tout ce que je vous avais dit sur
l'honneur du nom que votre père a laissé
à vous et à moi ; — sur la responsabilité

de cet honneur confié à une mère par son
mari — sur la juste et noble ambition de
votre père et la mienne de vous voir faire
un mariage digne de votre nom? — Vous
auriez donc oublié jusqu'aux offres, jusqu'aux noms illustres de toutes celles qui
briguaient l'honneur de cette alliance et
que je vous ai citées? — Vous auriez donc
tout oublié de votre mère qui vous aime
si tendrement, de votre mère dont l'amour
extrême n'a cessé d'être aussi jaloux de
votre dignité que de votre bonheur? —
Répondez! —

« Et vous, Marguerite, vous que j'ai
prise au berceau, élevée, aimée comme
mon propre enfant, c'est vous qui, abu-
sant de ma tendresse, venez ainsi jeter
dans ma famille la douleur et les larmes!

24

— Répondez, d'où venez-vous? Comment avez-vous quitté celle à qui je vous avais confiée? — Comment vous êtes-vous soustraite à l'auguste protection de l'Impératrice à qui j'avais confié votre avenir? — Répondez, répondez tous ! »

La pauvre Marguerite ne put répondre que par une larme ; Edmond, plus hardi de son innocence et de son amour, répondit seul :

« Non, ma mère, je n'ai rien oublié de tout ce que vous m'avez dit — toutes les paroles que vous me répétez sont restées gravées dans mon cœur ; j'en ai trop souffert pour moi, pour vous, pour la mémoire de mon père chéri, pour jamais les oublier.

« Mais votre amour était plus ambitieux que le mien. — De toutes celles qui ont,

m'avez-vous dit, brigué l'honneur du nom
que nous portons, aucune ne m'était
connue, je n'en aimais aucune.

« Depuis toujours, j'avais connu Marguerite, je l'avais aimée comme un frère;
— nous étions de la même religion, le
même Dieu nous a unis sous la même bénédiction; et mon père, du haut des cieux,
j'en suis sûr, nous a, lui aussi, béni et
pardonné.

« J'ai senti que jamais vous ne consen-
tiriez à ce mariage, que toujours vous
résisteriez, vous briseriez à jamais mon
bonheur! — Mon amour pour Marguerite
a fait le reste.

« Hier encore, vous n'aviez qu'un enfant, aujourd'hui deux fois mère, vous en
avez deux, qui sont à vos genoux, vous

implorant, vous demandant, après la bénédiction du bon Dieu, celle d'une bonne mère et son pardon. »

A ces mots, à chacun de ces mots, on a senti toutes les angoisses, toutes les tortures de la pauvre mère. — C'est un poignard aigu qu'on tourne et retourne dans la terrible blessure, — c'est plus que la mort elle-même !

Alors, la pauvre mère éperdue, atterrée, demandait grâce, — elle avait perdu connaissance.

On la porta dans sa chambre.

Après une semblable secousse, on avait pensé que le repos de la nuit pourrait lui rendre quelque calme et on la laissa seule.

Les grandes douleurs appellent les grandes solitudes — c'est là seulemen

que, face à face avec Dieu, on s'examine,
on s'interroge, et qu'on prononce sur soi-
même l'arrêt suprême.

XXXVIII

La scène est grave, imposante comme
la vérité ; — alors commence pour la duchesse cette nuit fatale, cette nuit funèbre
dans laquelle son être tout entier n'est
plus qu'une affreuse lutte, un affreux
combat, entre toutes les hésitations, les
contradictions, les douleurs, les repentirs,
les retours, les tendresses, les maternités
d'une tête et d'un cœur en délire !

La duchesse est à demi couchée sur son lit, tout est éteint, la nuit règne.

Ses grands cheveux noirs sont dénoués, son teint est animé encore, sa bouche est contractée, ses yeux sont comme injectés de sang, les larmes ne sont pas venues. — Elle est encore souverainement belle, mais sévère, mais contrite; — c'est la faute, la grande et ineffaçable, et inexorable faute qui va s'accuser devant Dieu lui-même! — c'est la confession suprême, avec tous ses aveux et ses réticences; ses colères et ses faiblesses — c'est le cœur de la mère et de la femme saignant de toutes les tortures, de toutes les impuretés d'une blessure qui jamais ne se ferme!

Oui, se disait-elle, oui, ces chers enfants sont innocents — tous deux, ils ignoraient, comme ils ignorent encore le crime de cette union défendue! — tous deux, ils ignoraient qu'ils étaient les enfants de la même mère, — qu'ils étaient, ô mon Dieu! *le frère et la sœur!*

En gardant pour elle seule ce terrible secret, elle seule, se disait-elle, était la coupable, la grande coupable; — coupable dans le passé, coupable dans le présent!

Dans le passé, n'était-ce pas elle qui jamais n'avait osé dévoiler à son fils la triste vérité? — Mais le devait-elle? — le pouvait-elle?

Une femme peut avouer de semblables choses à son frère, à son ami, à son mari même; — il y a là des pardons pour toutes les fautes; car le pardon est encore

une preuve d'affection ; — mais dire,
mais avouer à son fils, à son propre fils
une semblable chose, lui avouer que l'année même de la mort de son père, encore
vêtue de deuil, on a pu tout oublier de
ses devoirs, et que de cette faute est née
celle que ce fils veut épouser, *sa propre
sœur !* — Non, c'est un aveu que nulle
mère au monde n'eût osé, n'eût pu, n'eût
dû faire. — La dignité de la mère, la
pudeur de la femme, tout s'y refusait : le
secret le plus absolu était fatalement le
premier, le seul devoir. — Elle devait se
taire !

C'est ce qu'avait fait la pauvre mère. —
Pour cacher cette faute, c'est elle qui avait
imaginé tout ce mensonge de la naissance,
de Marguerite confiée, disait-elle, à ses

soins par une mère mourante qui n'avait
jamais existé.

Elle avait fait plus. — Pour détourner
son fils Edmond de ce mariage impossible,
c'est elle qui avait imaginé de lui faire
perdre la trace de Marguerite, en emmenant celle-ci bien loin, au fond de la
Russie, où, sous le patronage de l'Impératrice elle-même, elle l'offrait à qui vou-
drait l'épouser. — Tout cela avait été
combiné, préparé avec la sagacité que
donne la conscience d'une faute, et la
nécessité de la réparer, en la noyant dans
un éternel oubli.

Mais tout ce stratagème, toutes ces
précautions devaient échouer, devant le
sentiment, le noble et pur sentiment qui
sait franchir toutes les distances, déchirer

tous les voiles, briser tous les obstacles,
— le fidèle sentiment qui était venu, avec
les deux amoureux, se dénouer saintement au pied d'un autel.

Par son silence, c'était donc elle, se
répétait-elle, qui avait ainsi amassé sur sa
tête la responsabilité tout entière du crime
qu'elle eût pu empêcher par un mot, le
grand mot, le seul mot qu'une mère n'a-
vait jamais pu, ni dû dire à son fils.

Alors, commençaient pour elle les
grandes, les terribles hésitations !

Ce mot, ce terrible mot, cet aveu suprême, le dira-t-elle aujourd'hui ? —

Révélera-t-elle aujourd'hui le secret
qu'elle a si longtemps, si soigneusement,
si honteusement caché au plus profond de
son cœur ?

Révélera-t-elle, ainsi, par ce seul mot, l'erreur qui a saintement uni ces deux innocents, devant Dieu lui-même?

Révélera-t-elle aujourd'hui qu'il n'est plus temps, le scandale d'une union, d'ailleurs consommée, entre un frère et une sœur qui n'en savent absolument rien?

Condamnera-t-elle ainsi à l'ignominie ses propres enfants, leur nom, leur honneur, leur avenir, leur vie tout entière; leur âme tout entière?

Non, se disait-elle, seule coupable, deux fois coupable, mille fois coupable; seule elle devait expier sa faute, et c'était avec une sorte de joie, un certain soulagement, qu'aux battements répétés de son cœur elle sentait qu'ils allaient l'étouffer.

25*

Vaincue alors, atterrée, épuisée, sentant ses forces l'abandonner, sentant venir cette mort qu'elle appelait comme une expiation ; elle se retrouva la tendre mère, les larmes lui revinrent, — elle demanda ses deux enfants.

Ils accoururent auprès du lit de la mourante. — La pauvre mère alors leur ouvrit ses bras, les serra convulsivement sur son cœur, les bénit et expira ; — emportant dans sa tombe son terrible secret ! ! ! !

Qui la blâmerait ?

Ses enfants étaient innocents : la vérité, s'ils l'eussent connue, les eût faits criminels, ils l'ignorèrent toujours, et Dieu ne rend responsable que du mal fait sciemment. — Bénis et heureux, ils rachetèrent par le bien qu'ils répandirent autour d'eux la faute de leur mère.

Et puis aussi, Dieu, dans sa miséricorde qui est grande, n'aura-t-il pas pardonné à la pauvre mère, sa faute et le secret de sa faute??

La mort efface tant de choses!

XXXIX

Les confidences de mon hirondelle s'arrêtaient là. — Elle me fit ses adieux, me recommanda son nid, et s'envola vers les pays du soleil. — L'hiver arrivait.

Luchon, 2 octobre 1882.

A. Quantin imprimeur
7 S. Benoit, 7, à Paris

OUVRAGES

DE M. LE BARON DE NERVO

Voyage en Sicile. . . . . 2 vol. in-8°.
Les finances de la France et de l'Angle-
terre, comparées. . . . . 1 vol. in-8°.
Les finances de la France, 1852-1859. . . 1 vol. in-18.
Histoire générale des finances françaises
sous l'ancienne monarchie, la Républi-
que, le Consulat, l'Empire et la Res-
tauration (1180 à 1830). . . . . 6 vol. in-8°.
Le comte Corvetto, ministre des finances
sous le roi Louis XVIII, sa vie . . . . 1 vol. in-8°.
L'Espagne, ses finances, son administra-
tion, son armée, 1857 . . . . 1 vol. in-8°.
Histoire générale d'Espagne jusqu'à Fer-
dinand et Isabelle. . . . . 4 vol. in-8°.
Isabelle la Catholique, sa vie, son temps,
son règne, 1451-1504. . . . . 1 vol. in-8°.
Gustave III, roi de Suède, et Anckars-
troëm. . . . . 1 vol. in-8°.
Souvenirs de ma vie, 1810-1870. . . . . 1 vol. in-18.
Dictons et proverbes espagnols . . . . . 1 vol. in-18.
Les trois Ages de la vie . . . . 1 vol. in-18.
Monsieur de Simors (Calchas II). . . . 1 vol. in-18.
Lucia ou la statue du Mont-Cassin. . . . 1 vol. in-18.
Les Mémoires de mon coupé . . . . . . 1 vol. in-18.
Les trois Danseurs de Valentine. . . . . 1 vol. in-18.

Paris. — Typ. A. QUANTIN, rue Saint-Benoît, 7.

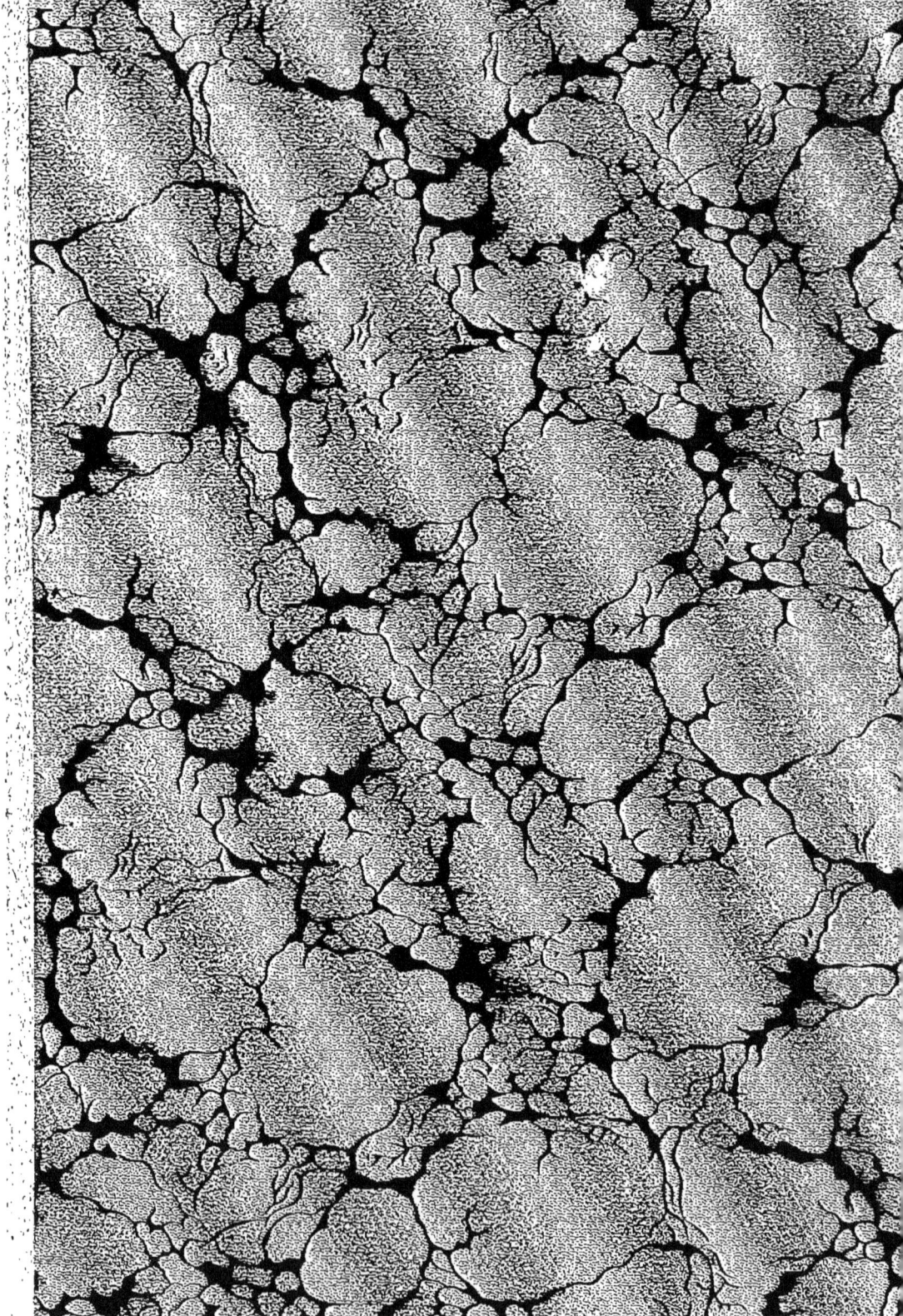

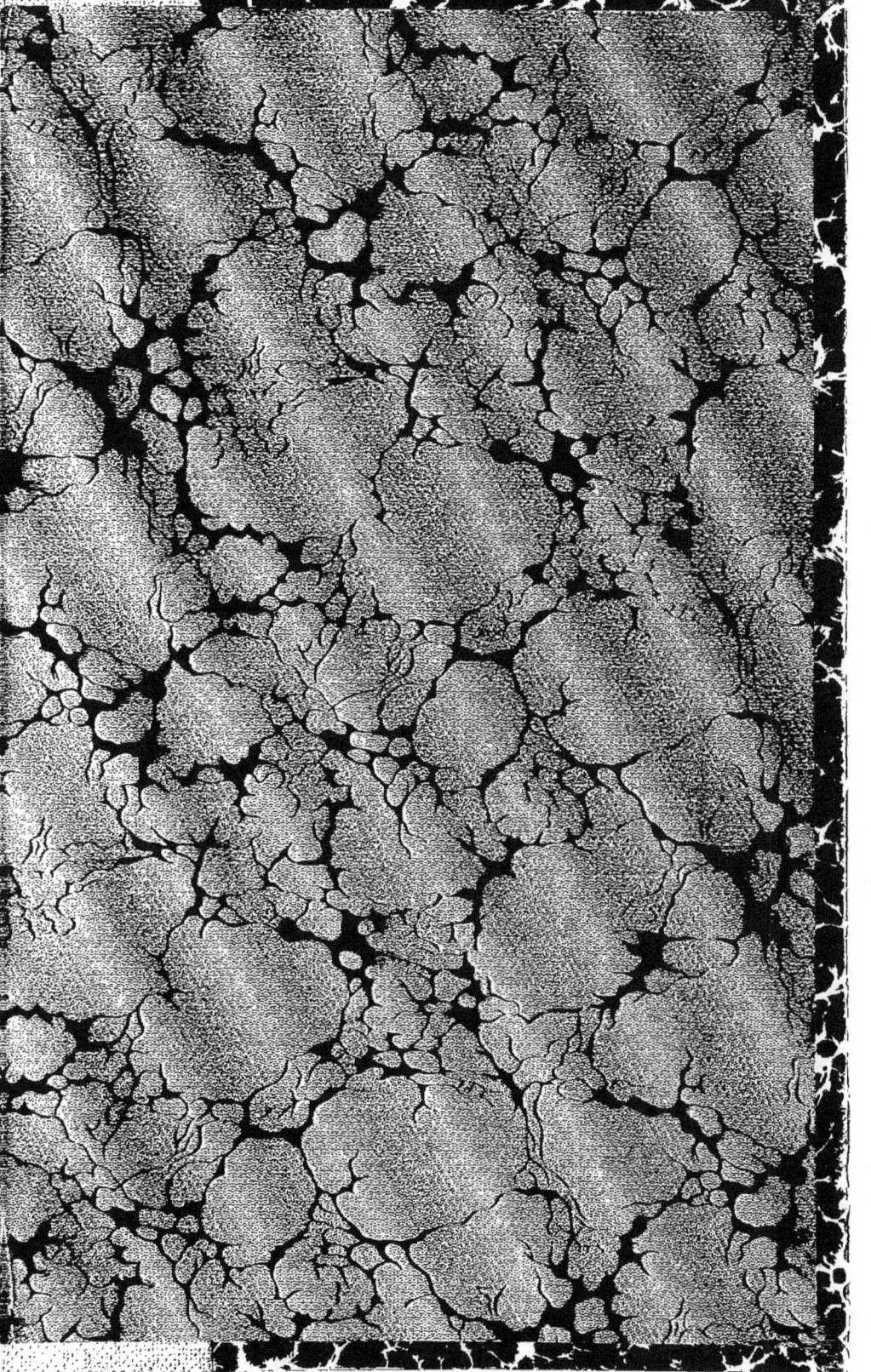

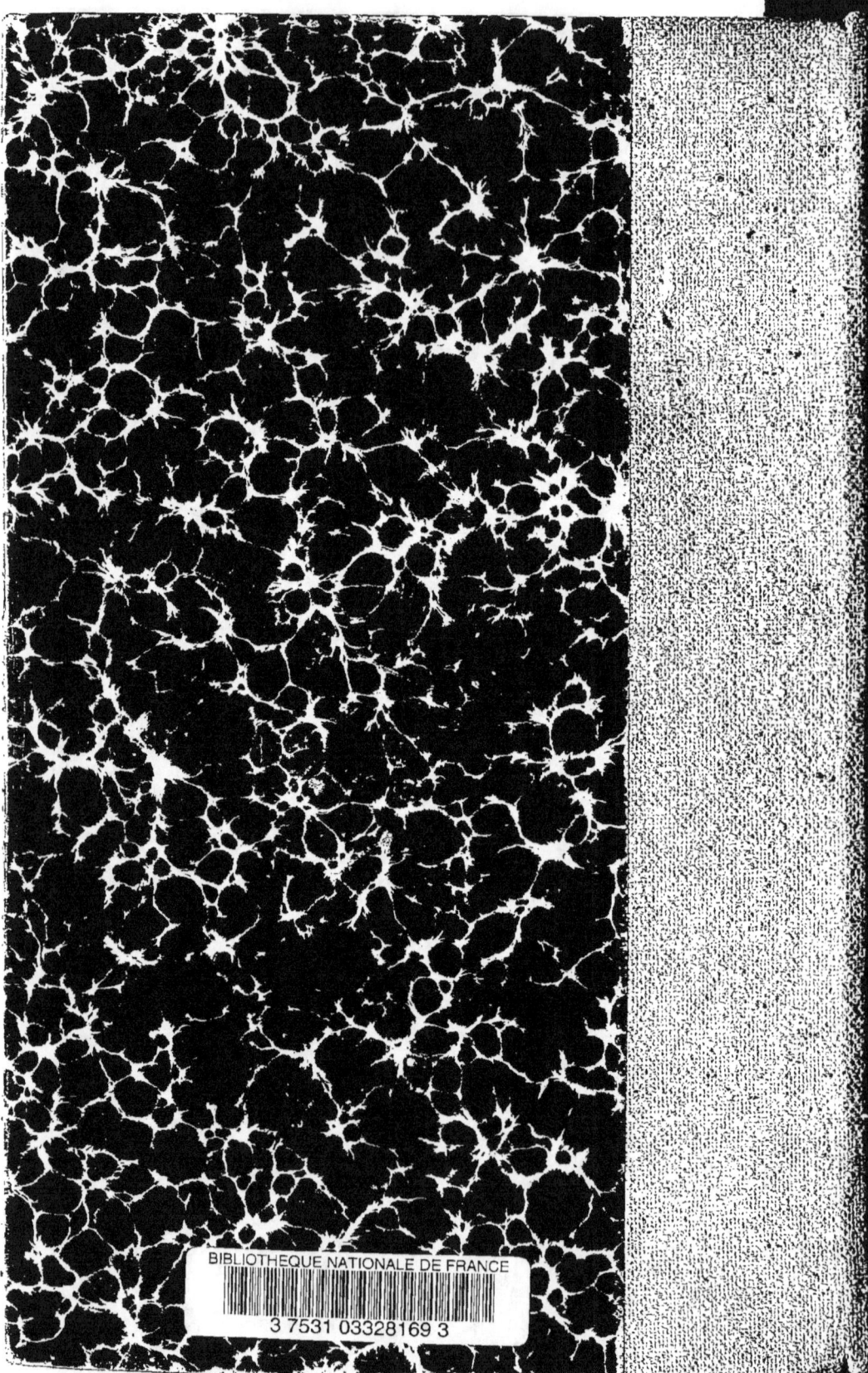

www.ingramcontent.com/pod-product-compliance
Lightning Source LLC
Chambersburg PA
CBHW051636050726
47502CB00011B/578